Cuando un Conde se Enamora

Pecados y Escándalos
Libro 1

Lauren Smith

Traducido por
L. M. Gutez

ISBN: 978-1-960374-29-5 (edición libro electrónico)

ISBN: 978-1-960374-30-1 (edición papel)

Capítulo Uno

Inglaterra, octubre de 1911

—Ya sabes lo que dicen del hombre... —murmuró Lord Caruthers mientras Leopold Graham entraba en la sala de lectura principal del Brooks's Club de St. James's Street. Las palabras paralizaron Leo.

—No... ¿qué dicen? —susurró otro hombre, con la mitad de su cara oculta tras un periódico. Los dos hombres estaban sentados cerca de una chimenea junto a la puerta. Ambos eran mayores, con el pelo canoso y cinturas anchas que mostraban su adinerado estilo de vida. Leo los miró con el ceño fruncido, pero en el fondo estaba asustado por susurros.

—Mantuvo a una cantante de ópera italiana en un acogedor nidito de amor en Mayfair. ¿Te lo puedes creer? —Caruthers soltó una risita—. Maldita sea si no estoy celoso del viejo Hampton por actuar así con una esposa y un hijo en casa. Todo un atrevimiento montar un escándalo así de forma tan pública.

—Espera... —jadeó el otro hombre, con el papel traqueteando en sus manos por la emoción mientras se inclinaba más hacia Caruthers—. ¿El viejo que murió en la cama de su amante? ¡He escuchado sobre eso! —los caballeros de mayor edad estaban inclinados uno junto al otro, cotilleando como un par de viejas damas, utilizando sus periódicos del mismo modo que las mujeres utilizarían los abanicos.

—¡Sí! El difunto Lord Hampton... Tuve que sacarlo en brazos de la casa de esa mujer. Ella ni siquiera se preocupaba por él. Oí que estaba decidida a quedarse con la casa. Un asunto sucio dejar que el hijo se ocupara de eso. Incluso ahora que la familia ha salido de su año de luto, no todo el mundo ha olvidado los pecados del viejo Hampton —resopló pomposamente Caruthers—. Yo no dejaría que vieran a mi hijo cenando con esa familia, no con ese tipo de habladurías todavía rondando por ahí.

—En efecto —coincidió el otro hombre—. Pues...

—Ejem —gruñó Leo en voz baja mientras se acercaba a los dos hombres con los puños cerrados por la rabia. Ambos se sobresaltaron; al parecer, se habían engañado pensando que él no podía oírlos. *Tontos viejos sordos.* Ni siquiera en su maldito club podía escapar de los rumores, los murmullos y el maldito y completo oscuro escándalo que su difunto padre había hecho caer sobre su cabeza. No quería recordar haber tenido que tratar con la amante de su padre, ni tampoco haberle pagado y permitido quedarse con la casa que su padre había comprado. La necesidad de silenciar a la mujer y terminar con el escándalo lo antes posible no había tenido el éxito esperado. Los bailes de salón londinenses y las cenas capturaban rumores y escándalos, propagándolos como un incendio forestal.

Caruthers y su acompañante, ahora en silencio, lo observaron con gran interés mientras se acomodaba en el único asiento vacío, uno junto a la ventana que daba a St. James Street. En la calle había una mezcla de carros y carruajes. Londres siempre estaba ajetreada en otoño, con la temporada en pleno apogeo. Por un breve momento, dejó que sus pensamientos se alejaran del dolor que suponía escuchar cómo los asuntos privados de su familia eran motivo de entretenimiento. Si tan solo pudiera subirse a su coche y alejarse de todo eso...

A pesar del silencio en la sala, Leo sabía que todos los hombres estaban concentrados en él.

Se pasó una mano por su rubio cabello y ahogó un gemido. Llevaba tres días en Londres, intentando febrilmente conseguir oportunidades de inversión y participar en esquemas de especulación, pero era inútil. Nadie trabajaría con él.

¡Mi padre nos ha condenado a mí y a mamá por su egoísmo!

El brote de rabia que Leo sentía en su interior era sorprendente y poco habitual en él, pero después de que le cerraran más de una puerta en las narices hoy, estaba agotado. Aunque había pasado un año desde la muerte de su padre, el escándalo y el fervor que había detrás aún no se habían disipado. Su pobre madre, Mina, se negaba a abandonar el campo, sabiendo que no le quedarían verdaderos amigos en Londres que le permitieran la entrada en sus casas. Todo porque su padre no le había sido fiel. Era una práctica aceptada, aunque horrible, que un hombre mantuviera una aventura; pero un hombre no moría en la cama de su amante después de una noche de juegos en la cama, y ciertamente no acumulaba deudas para pagar el cuidado y la manutención de dicha amante. Sin embargo, eso era exactamente lo que su padre había hecho.

Leo se metió la mano en el bolsillo y sacó una carta

que su lacayo le había entregado antes de su salida hacia el club. La abrió, alisó el papel y leyó las apresuradas líneas escritas por su banquero, rogando por las tan necesarias buenas noticias.

Lord Hampton,

Lamento profundamente no poder ampliar ninguna de las líneas de crédito de su familia en este momento. Estaremos encantados de discutir la posibilidad de concederle más crédito si nos aporta nuevas garantías, pero hasta entonces, la finca y todas las granjas arrendadas vinculadas con éste están totalmente hipotecadas y no pueden utilizarse para obtener más crédito.

Atentamente,
Thomas Atkinson

Las palabras provocaron un doloroso vacío en el estómago de Leo. Tenía que encontrar la manera de estabilizar la herencia de su familia o se arriesgaría a perder su mansión en el campo. Hampton House era su *hogar*, más de lo que Londres lo sería jamás, y pensar en acreedores hurgando en los muebles de su familia y corriendo desbocados por las habitaciones de su infancia...

No dejaré que suceda. Encontraría a alguien con quien invertir, y enterraría el escándalo de su padre como pudiera viviendo una vida por encima del reproche de la sociedad. Iba a casarse con una buena rosa Inglesa y a no cometer los mismos errores que su padre al permitirse obsesionarse con alguna belleza exótica. Ese tipo de mujeres *siempre* traían problemas.

Siempre había creído que algún día podría casarse por amor y tener una esposa tan apasionada como él, pero ahora, esos sueños se habían esfumado. Había elegido como futura esposa a la hija de un vizconde vecino por motivos financieros. Era escalofriante pensar que pronto ataría su futuro a una mujer sin amor, pero era preciso hacerlo.

—¿Hampton? —una voz familiar lo sacudió de sus oscuros pensamientos. Un hombre que reconoció estaba dando largos pasos hacia él.

—¡Hadley! —sonrió, aliviado mientras su cuerpo reconocía la presencia de su amigo. Se puso en pie y estrechó la mano de Owen Hadley. Su amigo de pelo oscuro sonreía ampliamente. Una vez, siendo niños en Eton, habían sido inseparables, pero entonces Owen y su amigo Jack se habían ido a luchar a Sudáfrica en la Segunda Guerra Bóer. A su regreso, Jack y Owen habían... cambiado. Leo no había sido capaz de ir a luchar; su padre no se lo había permitido. La finca estaba destinada a un heredero varón y, como hijo único, si Leo hubiera perecido bajo un sol Africano, algún primo lejano se habría hecho cargo de la mansión Hampton.

—Hace años que no te veo en el club —Hadley se sentó frente a él en la pequeña mesa junto a la ventana. Leo no pasó por alto que la ropa de Hadley, aunque finamente confeccionada, llevaba una temporada pasada de moda. Al parecer, los problemas económicos estaban a la orden del día esta temporada entre los jóvenes solteros. Por ahora, Leo tenía suficiente dinero para pagar a sus acreedores, pero si no encontraba pronto una forma de generar nuevos ingresos, estaría en problemas.

—He estado en el campo —Leo metió apresuradamente la carta del banquero en el bolsillo del abrigo.

Los agudos ojos de Owen pasaron por alto poco, pero no preguntó de qué iba la carta.

—Pareces cansado, viejo amigo.

—¿De verdad? —reflexionó Leo con aire sombrío—. Desde que murió mi padre, ha sido una odisea poner la finca en orden.

—¿Tienes miedo de perderla? —preguntó Owen en voz baja.

—No... al menos todavía no —suspiró Leo—. Pero no consigo que ni un solo hombre en Londres me deje participar en inversiones o especulaciones. La economía de las granjas arrendatarias ya no es lo que era y necesitamos más estabilidad —se recostó en el sillón de cuero, deseando poder quedarse aquí en el club y no tener que enfrentarse al mundo exterior.

—¡Anímate! —sonrió Owen—. ¿Por qué no vamos a buscar algo para entretenernos? Han pasado meses y te vendría bien algo de diversión.

Leo negó con la cabeza. Por mucho que deseara lanzar sus preocupaciones al aire, no podía. El escándalo de su padre lo había obligado a vivir una vida de aburrimiento. Era la única manera de volver a ganarse la preferencia de la sociedad, y eso era crucial si quería preservar Hampton House y a todos los que dependían de él.

—Tal vez en otra ocasión. En todo caso, supongo que debo volver a Hampton. Dios sabe lo que habrá hecho mi madre mientras he estado fuera.

Su amigo se rio con fuerza.

—Tu madre es un encanto. Cualquier problema que cause es un deleite.

Leo se apartó el cabello de los ojos.

—Tú no tienes que vivir con ella.

—Touché —Owen se encogió de hombros—. Al menos ella no está involucrada con esas sufragistas. ¿Sabes que están teniendo reuniones por todo el país en este momento?

—Dios, ni se te ocurra hablar de derechos de la

mujer cerca de mi madre —Leo y Owen miraron alrededor del club para asegurarse de que nadie estaba escuchando. Hablar de sufragistas solía causar problemas en un club de caballeros, uno de los pocos lugares en los que las mujeres estaban totalmente prohibidas.

—Bueno, no te entretendré, Hampton, pero escríbeme la próxima vez que estés en la ciudad. Deberíamos ir por un trago.

—De acuerdo —Leo estrechó la mano de Owen y ambos se levantaron de sus sillas. Habría sido algo estupendo sentarse a charlar con su viejo amigo. Habían sobrevivido a muchas cosas juntos, pero después de sus fracasos del día de hoy y sabiendo que las habladurías sobre el escándalo seguían aferrándose a su familia incluso después de un año, estaba listo para correr a casa con el rabo bien metido entre las piernas. Mañana encontraría otra forma de proteger su hogar... mañana.

Capítulo Dos

—Ahora que tu padre ha muerto, tengo la intención de permitirme un comportamiento escandaloso.

Leo se atragantó con el sándwich que acababa de morder. Había vuelto de Londres hacía solo un día y su madre ya estaba intentando matarlo. Su mirada se disparó hacia el rostro de ella. La Condesa Viuda de Hampton se deslizó en una silla frente a él en la gran mesa de roble del comedor, donde él se encontraba almorzando. Ella alisó su vestido de encaje sobre el regazo y posó en él una mirada firme.

La sangre le rugía en los oídos mientras luchaba por quitarse el trozo de sándwich de la garganta. *Maldito pepino... no puedo sacarlo...* Tosió violentamente y por fin pudo recuperar un poco de aliento en los pulmones.

—Respira, querido, respira —entonó suavemente ella como si estuviera dando instrucciones a un niño de cuatro años, no a su hijo adulto de treinta y dos. Él adoraba a su madre, pero ella tenía la extraña habilidad de irritarlo cuando menos lo necesitaba.

Extendió la mano y cogió su copa de agua, tragando rápidamente el líquido. Una nariz fría le dio un pequeño empujón en la otra mano y miró hacia abajo, viendo a Ladybird, su cocker spaniel Inglés de color chocolate, apoyada en su rodilla. Ella gimió suavemente cuando sus miradas se cruzaron. Al menos había una hembra comprensiva en esta casa que no estaba decidida a acabar con él.

—Madre —logró decir finalmente—. ¿De qué diablos estás hablando? —¿no podía un hombre disfrutar de una simple comida en paz? Sus ojos miraron al cielo mientras rezaba por paciencia. Leo supuso que debería considerarse afortunado.

Antes de que su padre muriera, él, Owen y Jack habían estado constantemente pisando la línea entre la decencia y el escándalo. Había hecho que el padre de más de una dama lo mirara con recelo durante una fiesta en casa o un baile. Leo admitía abiertamente que amaba el placer y el desafío de atraer a una mujer a su cama. Pero aquellos días se habían ido. Se suponía que debía mantenerse alejado de los problemas para restaurar el nombre de la familia. Lo último que necesitaba era que su madre se metiera en más problemas de los habituales.

La condesa viuda se sentó regiamente, y con una mano acomodó de nuevo en su sitio algunos cabellos sueltos de su elaborado peinado. El ligero hilo de plata entre el resto de color oro era el único indicio de que acababa de atravesar la mediana edad. Teniendo en cuenta lo infeliz que había sido el matrimonio de ella y su padre, era impresionante que aún tuviera tan buen aspecto. No dejaba de disgustarle la idea de que su padre hubiera pasado las noches en brazos de otra cuando tenía una hermosa esposa en casa. Pero de nuevo, su padre había sido bastante tonto.

—Por fin hemos salido de nuestro año de luto y deseo *disfrutar* de la vida —las palabras de ella eran melancólicas de una manera que hizo que el pecho de Leo se oprimiera. Sus ojos se entrecerraron mientras continuaba—. No se me permitía hacerlo mientras el viejo tirano aún viviera —la mordacidad de su tono lo hizo estremecerse.

Sabía que sus padres habían sufrido dentro de un matrimonio sin amor, pero la franqueza de su madre al respecto era un poco desconcertante. Se suponía que uno no debía hablar de esas cosas tan abiertamente, pero su madre siempre había sido abierta. Ella era salvaje, mientras que su padre había sido frío y tranquilo. Él la había imitado en ese aspecto, y ella nunca le había reprochado su comportamiento libertino ni su tendencia a romper el corazón de las jóvenes. Pero eso se debía a que él era un hombre; una dama tenía un deber superior consigo misma y con la sociedad de evitar el escándalo. Si su madre estaba hablando de vivir imprudentemente, él no quería conocer los detalles. Leo temía cualquier estrategia que ella estuviera planeando ahora que podía volver a la sociedad sin violar los estrictos dictados de su período de luto.

—¿Y bien? —ella se llevó una taza de té a los labios, sorbiendo pacientemente.

—¿Y bien qué? —él bebió su agua y la estudió por encima del borde del vaso de cristal. Desde la muerte de su padre, él se había acercado más a su madre y había aprendido a leerla. Ahora mismo, estaba esperando a que él diera el primer paso en el juego que ella estaba jugando.

Durante los últimos meses, ella había estado trabajando incansablemente para alejarlo de Hampton House y regresarlo a Londres. Él sabía que debería sospechar de sus planes, pero no iba a volver a caer en sus viejos hábitos, sin importar lo tentador que fuera llamar a sus amigos, pasar las noches en su club, vivir la vida de un soltero salvaje como había hecho bastante bien antes de la muerte de su padre. Ahora las cosas eran diferentes.

Ya no puedo ser aquel hombre, el tonto despreocupado que no sabía que su vida estaba al borde del colapso.

El fallecimiento de su padre había dejado una cuantiosa suma de impuestos sucesorios que podía llevar a Hampton a la bancarrota, y era deber de Leo encontrar una salida de ese peso abrumador. Tras los tres últimos días en Londres y sus continuos fracasos a la hora de encontrar una fuente de ingresos adicional, temía por el futuro de su familia. Su finca no era la única en peligro de quebrarse por las deudas.

Apenas la semana pasada había visitado la propiedad vecina al oeste y se había enterado de que los Ashford estaban vendiendo su casa porque la muerte de Lord Ashford los había dejado profundamente endeudados. Un subastador había estado examinando los retratos de la familia y la colección de porcelana y plata mientras Lady Ashford lloraba en silencio en un rincón del salón principal, con sus dos hijos sentados a su lado, con rostros contraídos por el dolor. Era un maldito asunto desolador y Leo no permitiría que eso le ocurriera a Hampton. Aunque tuviera que sacrificar su propia felicidad, se aseguraría de que la finca permaneciera intacta.

Su madre se aclaró la garganta cuando él no respondió.

—Escuchemos tus objeciones. Sé que deseas detenerme e insistirás en que ambos vivamos frugal y tranquilamente.

Esas mismas palabras las había tenido en la punta de la lengua. Él era un hombre de negocios y mantenía viva la finca Hampton basándose en tales nociones. Aun así... prefería no enfrentarse al evidente desprecio de su madre por la valiosa lección de vida que le había enseñado la muerte de su padre. Para cuidar de una inmensa finca, un hombre no podía simplemente pasearse por ahí y vivir como un auténtico pícaro, como había hecho de más joven. Era incluso más importante que trabajara para limpiar el nombre de Hampton en la sociedad o no tardarían en estar en apuros. La amante de su padre y la desagradable forma en que él había fallecido en su cama habían despertado los cotilleos y provocado que las puertas se le cerraran en las narices con tanta fuerza que Leo temía nunca ser visto como alguien honorable.

Sus días de desenfreno habían quedado atrás. Tenía un deber para con sus tierras y su familia. No podía permitir que vendieran esta casa ni que destruyeran sus vidas al perder un hogar que había pertenecido a su familia durante trescientos años.

—¿Qué... —hizo una pausa, esperando que no se

notara su preocupación—, pretendes hacer exactamente permitiéndote un comportamiento escandaloso? —era muy posible que la idea que su madre tenía del escándalo fuera mucho más moderada que la suya. Por algo las llamaban el sexo débil.

—Iré al pueblo para asistir a una pequeña reunión con fines políticos. He quedado con algunas señoras que comparten mis puntos de vista y...

—¡Santo Dios! No estarás hablando de esa tontería del sufragio femenino, ¿verdad? —Leo dejó la servilleta sobre la mesa y miró imperiosamente a su madre con el ceño fruncido.

Mina arqueó las cejas y su columna se tensó.

—Desde luego que sí. Estoy muy conmovida por su causa. ¿Sabías que una vez tuvimos el derecho de votar? ¿En los tiempos de la sociedad feudal?

Leo gimió y casi se golpeó la frente con la palma de la mano, frustrado. Por el amor de Dios, este no era un asunto del que deseara ocuparse.

—Madre, no puedes ir a ninguna reunión de ese tipo, y me importa un carajo si las mujeres votaban en los días de barro y miseria. Era la maldita Edad Media, por el amor de Dios. La gente caía muerta por la peste y nada en la vida era seguro. Ahora las cosas son seguras; no hay necesidad de que las mujeres tengan voto. Los hombres de este país son muy capaces de decidir asuntos de estado por vosotras.

La dura mirada de dolor y rabia de su madre era alarmante. Él no había esperado verla reaccionar tan... abiertamente a sus palabras.

—¿Cómo puedes decir eso... a *mí*? Después de la manera en que nos hizo vivir tu padre, ¿vas a seguir privándome de una voz?

Leo se frotó las sienes.

—*No*, no me refería a eso, Madre. Por favor, intenta comprender. Tengo mucho por hacer y no puedo estar preocupándome por ti. La gente en Londres está hablando... —no quería continuar, pero tenía que hacerle entender que sus acciones podían empeorar las cosas.

—¿Hablando? ¿Sobre qué? —preguntó en voz baja. Sus ojos azules estaban oscuros y ensombrecidos ahora.

—Padre, sobre él y esa mujer. No pude entrar a ver a la mitad de los caballeros que solía frecuentar.

Su madre pareció comprender ahora, con los ojos azules muy abiertos por la preocupación.

—Es el dinero, ¿no? Estás preocupado y hemos perdido mucho prestigio por culpa de... *él*.

A Leo se le formó un nudo doloroso en la garganta y asintió. La había defraudado, había fallado para hacer lo que necesitaba en Londres, y le destrozaba ver que ella se daba cuenta de ello.

Se inclinó y colocó su mano sobre la de él en la mesa, estrujándola.

—Entonces no iré a la reunión. En su lugar, me gustaría una fiesta en casa. ¿Seguramente podemos permitírnoslo? —preguntó con un tono esperanzado.

Él sonrió un poco.

—Sí, claro que podemos permitírnoslo, Madre.

Ella se animó de nuevo y las preocupaciones desaparecieron rápidamente.

—¡Excelente! Me gustaría celebrarla el próximo fin de semana. Los invitados llegarán el viernes y se quedarán hasta el lunes. Tengo pensado invitar a todo tipo de gente, incluido el señor Leighton. Es el dueño del *London News Weekly*, que publica todos esos artículos sensacionalistas sobre intrigas sociales y políticas. Él tiene una hija encantadora...

Ahh, ahí radica su verdadero objetivo. No el escándalo, sino el matrimonio. Él casi se preguntó si sus planes de unirse a las filas de las sufragistas eran solo para irritarlo. Sin duda, ella suponía que él aceptaría una fiesta en su casa porque era algo mucho menos escandaloso... y le daría la oportunidad de arrojar a sus pies a damas idóneas.

Leo crispó los labios. Su madre era lista, pero no

tanto como para engañarlo y ponerlo a la venta en el mercado matrimonial. Él agitó una mano en el aire.

—No. Nada de emparejamiento. Sabes muy bien que pretendo proponerle matrimonio a Mildred Pepperwirth —él había estado planeando esto durante los últimos dos meses. Había ido a ver a sus vecinos en Pepperwirth Vale y había dejado muy claras sus intenciones al Vizconde Pepperwirth. Mildred era una buena y sólida elección como esposa. Hermosa, inteligente y con un impecable linaje Inglés establecido que volvería a elevar el título de los Hampton a los ojos de la sociedad.

A su madre se le escapó un bufido muy poco femenino.

—¡Bah! Mildred Pepperwirth. Leo, querido, ¿estás decidido a darme nietos aburridos y tontos? No repitas mis errores —sus ojos se oscurecieron y las líneas alrededor de los ojos y la boca se vieron más pronunciadas mientras fruncía el ceño—. Cásate por amor. Cásate con una mujer que te ponga furioso, que te vuelva loco, una mujer que haga sangrar tu corazón si siquiera piensas en vivir un día sin ella. No te cases con una tonta con un importante dote solo porque te sientes obligado a cumplir con tu padre y con esta casa. Ella no es la mujer para ti. Necesitas a álguien con mente iluminada, querido, y Mildred... bueno... es demasiado tradicional.

—Tradicional es exactamente lo que necesito, madre. ¿Tú harías que me casara con alguna sufragista que derribaría las leyes y normas que mantienen intacta nuestra sociedad? Eso destruiría mi patrimonio —¿cómo demonios había vuelto su madre al tema que él deseaba que olvidara?

—¡Creo que esas mujeres que luchan por el voto son maravillosas! —la voz de su madre se alzó un poco y el color de sus mejillas se intensificó. Si él no tenía cuidado, volvería a enfadarla y no quería hacerlo. *Mejor ceder algunas batallas para ganar la guerra*, como diría Owen Hadley. Owen lo sabría, por supuesto, ya que él había luchado en la guerra donde las batallas habían sido muy reales.

—Ciertamente son valientes, madre. No estoy en desacuerdo con eso. Simplemente creo que no serían las esposas más respetables. Necesito a alguien de quien pueda depender para apoyar mis decisiones para la finca, no para socavarlas —una mujer con la cabeza en las nubes, soñando con el voto y la igualdad de derechos era... problemática. Él podía admirar a una mujer por luchar por algo en lo que creía, pero desde luego no quería casarse con una mujer así.

—¿Te condenarías a una vida sin amor? —su voz temblaba ligeramente, como si estuviera profundamente herida por su reacción. Ella hizo ademán de levantarse, pero él extendió la mano, la cogió y la sostuvo.

—Madre, siéntate. *Por favor* —sus palabras agitaron algo dentro de él, y no estaba seguro de si le gustaba la idea... perderse tanto en otra persona que no se pudiera vivir sin ella. Su padre había hecho eso con su amante, una mujer que no se había preocupado por él desde el momento en que supo que su estilo de vida bien acomodado había llegado a su fin. Leo quería evitar ese destino con cada fibra de su ser.

Llevar una vida de soltero temerario era una cosa, pero nunca había sido tan tonto como para permitirse enamorarse. Sería demasiado peligroso abrirse a semejante debilidad. No quería que nadie tuviera poder sobre su corazón. *Su madre había amado a su padre, y ella había terminado siendo completamente infeliz cuando él la había abandonado por una amante.* El amor era un riesgo que él no correría. Apartó la idea de su mente, centrándose en cosas que sabía que podía controlar.

—Creo que una fiesta en casa es una idea maravillosa, Madre. Pero invita a gente que yo conozca. Ayer vi a Hadley en el club. Envíale una invitación de mi parte. De hecho, invita también a los Pepperwirth —le guiñó un ojo. Ella puso los ojos en blanco y suspiró de manera dramática.

Juró que ella murmuró algo sobre Mildred en voz baja. Leo ahogó una carcajada. Mientras su madre estuviera de humor para discutir verbalmente con él, eso significaba que ella estaba bien y que no la había disgustado demasiado al negarse a dejarla asistir a la reunión de sufragistas.

A él no le entusiasmaban las obligaciones sociales que crearían los invitados, pero no podía negar que últimamente había estado agobiado con demasiado trabajo. Una fiesta podría mejorar su humor aunque solo fuera por la distracción que le proporcionaría. Era una pena que ya no pudiera permitirse viejos hábitos. El Leo Graham que había sido una vez habría tenido como misión acostarse con toda dama encantadora y dispuesta bajo su techo.

Al diablo con ser respetable. Eso iba a matarlo.

Tendré que encontrar otros medios de entretenimiento.

Evitar que su madre lo casara con alguien durante la fiesta sería su principal objetivo, y sería divertido ver qué planes se le ocurrirían a ella.

—¿Realmente insistes en que invite a los Pepperwirth?

Él asintió, mordiéndose el labio para ocultar una sonrisa mientras disfrutaba de su malestar. Sabía que a ella le agradaban Lord y Lady Pepperwirth, pero se oponía a su idea de casarse con Mildred, simplemente porque Mildred le parecía aburrida.

Su madre levantó las manos y resopló.

—Leo, qué vergüenza. Esperaba una reacción mejor que esa. ¿Cómo es que eres hijo de *mi* sangre?

Ella se levantó para marcharse, y él solo pudo recostarse en su silla y bajar la mirada hacia Ladybird. Sus caninos ojos marrones se encontraron con los suyos, y parecía tan perpleja como él por toda la situación. Su cola golpeó rítmicamente el suelo y le empujó la mano hasta que él le acarició la cabeza.

Su madre quería que él huyera con una mujer que lo enfureciera. Él no podía permitírselo. Hampton necesitaba que su conde estuviera tranquilo y en control. Muchos de sus pares no se estaban adaptando a la nueva era y, por tanto, estaban perdiendo todo lo que sus familias habían construido durante siglos. Su madre era demasiado anticuada para ver los cambios que estaban sacudiendo a Inglaterra. Las tierras de labranza eran menos valiosas y los arrendamientos de la finca no prosperaban como en el pasado.

Leo no podía ni empezar a contar las horas que había pasado trabajando hasta que la última vela en su estudio se apagó. O las interminables reuniones que había organizado con su administrador, el señor Holmesbury, mientras intentaban salvar lo que podían de un modo de vida en decadencia. *Su modo de vida*. Todo lo que a él le importaba. Podían perderlo todo si él no tenía éxito. Las grandes casas costaban demasiado, al igual que los sirvientes que empleaban.

Deslizó la punta del dedo por los platos de porcelana blanca con patrones de flores azules, y respiró hondo. Un gran peso cayó sobre su pecho y sus hombros, una carga invisible que no podía quitarse mientras siguiera amando Hampton House y a las personas que vivían en ella. Ellos formaban parte de este lugar, de su historia, al igual que él.

Si había que hacer algún sacrificio, él lucharía por mantener Hampton tal y como estaba durante el mayor tiempo posible. Había hecho sus planes. Se casaría con Mildred, utilizaría su fortuna para mantener Hampton durante las transiciones que se estaban produciendo en Inglaterra, y eso sería todo. Nada le haría cambiar de opinión. *Nada*.

Wilhelmina, Condesa Viuda de Hampton, se asomó por la puerta del comedor y observó cómo su hijo terminaba su almuerzo en silencio. Desde que había regresado de Londres hacía una semana, su rutina diaria había sido triste y predecible. Trabajando de la mañana a la medianoche.

Leo dio otro bocado a su almuerzo antes de coger la pila de cartas de la bandeja de plata que tenía a su izquierda. Dejó escapar un suave suspiro mientras sus hombros caían. Ladybird estaba sentada a su lado, deslizando su cola suavemente por el suelo mientras esperaba las migas. La perra gimoteó suavemente y él la acarició distraídamente.

Él era el cuadro perfecto de una vida aburrida en el campo, y eso agudizó el dolor que ella sentía por él en su corazón. Leo había sido un niño maravilloso, siempre explorando, siempre en busca de aventuras y causando problemas, como debería hacer cualquier buen muchacho. Mina no había hecho oídos sordos a los rumores de sus muchas amantes ni a los corazones rotos que él había dejado tras de sí. Al menos él había sido un hombre de acción y pasión.

Ahora... no lo era. Este nuevo Leo no era un hijo al que ella quisiera llamar suyo. Estaba cansado del mundo, con los ojos oscuros por la tristeza y los labios perpetuamente fruncidos mientras dejaba que las preocupaciones y las ansiedades lo ahogaran. ¿Cómo no podía ver que solo los hombres audaces y valientes seguirían adelante en este nuevo mundo, donde las antiguas casas se estaban derrumbando y cayendo a pedazos?

Ella se estremeció. Los Ashford habían oído que su casa sería reducida a cenizas y que las grandes escaleras, los tapices e incluso las baldosas de mármol serían vendidos a diferentes postores. No quedaría nada de la gran casa ni de la familia que había vivido en ella casi tanto tiempo como los Graham en Hampton House.

Pronto seremos fantasmas de una época olvidada. Debemos cambiar; debemos adaptarnos. Era una de las razones por las que ella estaba tan decidida a asistir a la reunión de sufragistas en el pequeño pueblo cercano a Hampton House. Un buen número de damas venían desde Londres para escapar de las duras reacciones que suscitaría su reunión en Londres. Las cosas tenían que cambiar; *las personas* tenían que cambiar. Los hombres tenían que reconocer que las mujeres eran igual de inteligentes y valiosas en la sociedad.

Leo no podía casarse con una mujer tradicional. Él necesitaba a alguien que estuviera a su lado y afrontara el futuro sin miedo. Mina haría cualquier cosa por verlo casado con una feroz amazona que luchara a su lado.

—¿Milady? —susurró el señor Gordon, el mayordomo, cuando se reunió con su señora junto a la puerta.

Ella se volvió, se llevó un dedo a los labios y señaló a Leo.

—¿Se han hecho todos los preparativos para nuestros invitados?

El rostro de Gordon, normalmente serio, se suavizó de orgullo y sacó un poco el pecho.

—Por supuesto, milady. He recibido un telegrama del señor Leighton. La señorita Ivy vendrá temprano en el coche de su padre.

Mina retrocedió unos pasos de la puerta mientras aplaudía con silencioso regocijo. Su plan estaba saliendo a la perfección. Ella había invitado a Ivy a Hampton con el pretexto de asistir juntas a la reunión de sufragistas, y había convencido a la joven de que sería divertido asistir a la fiesta.

—¿El señor Leighton ha dicho si fue capaz de alterar el coche?

Gordon frunció un poco el ceño, con la preocupación oscureciendo su expresión mientras le entregaba el telegrama doblado. Él conocía a la señorita Ivy desde hacía tanto tiempo como Mina, y la idea de ponerla en peligro parecía disgustarle.

—El señor Leighton me ha asegurado que su coche estaría cerca de la casa, pero que ella se quedaría varada. Deberíamos asegurarnos de sugerirle a su señoría que dé una vuelta alrededor de las dos y media del viernes. Seguro que la encuentra en la carretera principal.

Ella se apresuró a leer la nota y esbozó una pequeña sonrisa antes de guardársela en el bolsillo del vestido.

Pobre Leo. Él estaba decidido a casarse con aquella horrible chica Pepperwirth. Si todo transcurría según los planes de Mina, el intencionado compromiso de Leo pronto llegaría a su fin, y su hijo se enamoraría de una mujer mucho más digna de él. Una chica que él había conocido muchos años atrás, una que lo había amado con todo su corazón antes de que la tragedia separara sus destinos.

Ivy Leighton era una mujer moderna que compartía los puntos de vista de Mina sobre los derechos de la mujer, y sería la mejor pareja para su hijo. Suponiendo que él pudiera ver más allá del hecho de que era una sufragista. Los labios de Mina se crisparon. Sin duda, cuando él volviera a ver a Ivy, la encontraría muy madura y distinta de la niña que solía mirarlo con ojos ingenuos y esperanzados y sentimientos muy obvios. Ella solo esperaba que él viera a Ivy como Mina lo hacía, como la mujer que podía salvar su alma y salvar Hampton House.

Tal vez yo sea una madre entrometida, pero Leo debe saber que no dejaré su elección de esposa en manos del destino.

Capítulo Tres

Ivy Leighton sacudió las errantes nubes negras que la asfixiaban. Tosió, se quitó las gafas de conducir y las arrojó al asiento de su nuevo Hudson Speedabout. El Speedabout *roto*. Su padre se pondría furioso. Ella había pedido conducirlo y, a pocos kilómetros de su destino, el motor había emitido un chirrido espantoso como el de un halcón moribundo. Humo oscuro salió desde abajo del capó amarillo, pintando un cuadro oscuro contra el cielo azul.

—Oh, cielos —gimió.

Se limpió la frente con el dorso de una mano enguantada, que salió sucia. Una fresca brisa de septiembre le sacudió un mechón suelto de pelo por debajo de su sombrero plano. Ella intentó apartarlo, pero el grueso velo que rodeaba su sombrero se lo puso más que difícil. Se desabrochó su abrigo largo de lino marrón, sintiéndose un poco nerviosa por el repentino fallo del Hudson.

¿Qué demonios iba a hacer? ¿Caminar hasta Hampton House? ¿Por qué había pensado que venir temprano por su cuenta era una buena idea? Porque estaba llena de curiosidad. Hacía dieciséis años que había abandonado Hampton, con el cuerpo de su madre apenas frío en el suelo. ¿Cuánto había cambiado el lugar? ¿Cuánto había cambiado *él*?

Leo... su nombre aún le daba escalofríos.

El apuesto y encantador Leo. Cuando ella había tenido ocho años, él había tenido dieciséis, y parecía que toda una vida los había separado. Ahora ella tenía veinticuatro y él debía de tener... hizo cuentas. ¿Treinta y dos? ¿Él seguiría teniendo la capacidad de consumirle el alma con aquellos insondables ojos azules? Una parte de ella tenía miedo de volver a verlo después de tantos años. ¿Sus recuerdos de niña habían sido solo fantasías o seguía siendo el hombre que siempre había amado?

Después de seis temporadas en Londres, no había encontrado a nadie a la altura de Leo Graham, el Conde de Hampton, y temía no encontrarlo nunca. Pero... ¿y si llegaba a Hampton House y descubría que no era el hombre que ella creía?

Con una leve sacudida de cabeza, Ivy recordó cómo él solía burlarse de ella, tocarle la punta de la nariz con un dedo y llamarla Botón.

—En efecto, botón —murmuró.

Su nariz ya no tenía forma de botón, al menos no del todo. Leo no la había visto desde que había dejado atrás sus ojos enormes, las rodillas huesudas y la nariz respingada. Ivy intentó reprimir la oleada de mariposas que atacaban las almenas de su estómago.

No se parecía en nada a las bellezas inglesas que los caballeros preferían en los bailes durante la temporada. Ese era el problema de ser mitad gitana y no una auténtica rosa inglesa. Aun así, ella sabía que era hermosa, de un modo exótico, pero ¿Leo la consideraría deseable? Ivy había sido la favorita de muchos hombres. La posición de su padre, así como su propia herencia, les hacía creer que ella no tenía moral.

La opinión de alguien que no era romaní o payo sobre los gitanos era siempre errónea. Las mujeres de la cultura Romaní eran cualquier cosa menos fáciles. Aun así, ese terrible malentendido cultural llevó a más de un hombre a ofrecerle un puesto como su amante. Una oferta que ella había tenido que rechazar educadamente sin hacer una escena, aunque tal petición mereciera una bofetada.

Con suerte, Leo sería diferente.

No es que debería importarme realmente, se recordó a sí misma. Solo asistiría a Hampton House para ver a la condesa viuda e ir con ella a una reunión de sufragistas. Lady Hampton había insistido en que Ivy se quedara a la fiesta de la casa. Le había recordado a la madre de Leo que no iría a cazar maridos, sino a ver a viejos amigos. Ivy creía firmemente que una mujer moderna no podía tener marido, al menos no un hombre nacido en la nobleza británica. Ellos estaban en contra de los derechos de la mujer y eso era algo que ella nunca podría aceptar.

Había visto a su madre trabajar incansablemente como sirvienta durante años en un mundo en el que su voz no había importado. Ser testigo de la incapacidad de su madre para vivir la vida que realmente quería antes de morir había cambiado a Ivy. Sin el derecho y el poder de hablar, una persona dejaba de existir.

Tras la muerte de su madre, ella se había reunido con su padre y había quedado claro lo indefensa que era como mujer. Aunque él la amaba y la adoraba, ni siquiera él podía darle poder sobre su propia vida del modo en que lo tenían los hombres. Ella ni siquiera podía controlar su propia herencia; esta tenía que ser confiada a un hombre. Parecía que dondequiera que ella mirara había un callejón sin salida. No había escapatoria. Estar dentro de una jaula bañada en oro significaba que aún seguía atrapada. La idea la hizo retroceder. ¿Casarse con un hombre que la atraparía y destruiría su independencia? No, ella nunca aceptaría eso. Pero aun así... volver a ver a Leo después de tanto tiempo sería agradable.

Volviendo su atención al Hudson, ella supo que tendría que dejarlo en el arcén de la carretera por el momento. Cuando cogió su valija, la grava de la carretera resbaló bajo sus botas. Un grito de pánico escapó de sus labios mientras caía de cabeza en el espacio detrás del asiento del conductor. Sus piernas se agitaron en el aire mientras luchaba en vano por incorporarse de nuevo.

—¡Maldita sea! —maldijo, luchando salvajemente por poner su cuerpo en una posición que le permitiera impulsarse hacia el suelo. Su vestido y abrigo estaban enredados en sus rodillas.

El rugido del motor de otro coche la paralizó. Una brisa fresca la acarició allí donde su vestido de viaje le rodeaba los muslos. Quien acababa de detenerse en la carretera tenía una vista privilegiada de sus piernas.

El motor se detuvo. El crujido de unas pisadas sobre la grava le advirtió que alguien se acercaba, y su cuerpo se puso rígido de aprensión. El miedo aumentó en su interior hasta que se quedó sin aliento y luchó por volver a ponerse en pie.

—Eh... disculpe, señorita. ¿Puedo ayudarla? —preguntó una voz intensa y suave.

—Oh, sí, por favor. Parece que estoy en un aprieto.

—Voy a tocarla, señorita. Por favor, no se asuste —las manos enguantadas del hombre se posaron en sus tobillos y luego se deslizaron hasta sus pantorrillas mientras tiraba de ella hacia abajo. Un hormigueo de conciencia recorrió su cuerpo y la hizo estremecerse en los lugares más extraños.

Ivy intentó no sentirse alterada por el hecho de que las manos de un hombre extraño estuvieran sobre sus piernas. Nunca le había gustado sentirse vulnerable, y esta era quizás la vez que más expuesta había estado en su vida. Era, como mínimo, inquietante. Ella se deslizó hacia abajo por el borde del Hudson, con la cara ardiendo y la sangre retumbándole en los oídos. Cuando se volvió hacia su salvador, el corazón se le paró de golpe y dejó de respirar.

Leo.

Durante un largo instante, ella no pudo pensar ni respirar. Era una niña de nuevo, llorando mientras su madre estaba tumbada agonizando. El cuerpo largo y musculoso de Leo había sido sólido y cálido detrás de ella mientras la abrazaba entre su llanto. Él había sido consuelo, calor y luz donde ella solo había soportado oscuridad en las últimas horas de su madre.

Por supuesto que sería *él*. Sería él quien la encontraría cubierta de polvo de la carretera, con sus piernas agitándose en el aire y atascada en un coche averiado. Ella siempre estaba en su peor momento cuando él estaba cerca. Evidentemente, ella no era del agrado del destino.

¿Es que mi mala suerte no tiene fin?

—Gracias —dijo, sin saber si debería decir su nombre. ¿Él siquiera la recordaría? Seguro que no...

Con una destreza inesperada, él le ajustó el sombrero, que se había ladeado un poco durante su caída al coche, y apartó los lados del velo como si él quisiera verle mejor el rostro. Sus labios esbozaron una sonrisa y el corazón de Ivy volvió a latir. Dios, el hombre era apuesto. Su nariz era aguileña y tenía una mandíbula fuerte, sus labios eran un poco finos, pero no por ello menos atractivos, y un halo de cabello dorado ondeaba al soplo de la brisa. Y esos ojos, ojos con los que ella había soñado durante años. Más hermosos de lo que recordaba.

—De nada, señorita... —esperó a que ella se presentara.

Entonces, ¿no la recordaba? Eso dolió, pero quizá era lo mejor, dada la misión secreta que la madre de Leo le había confiado. Era mejor que él no la reconociera, y ella no deseaba ser recordada como "Botón".

—Me llamo Ivy Leighton.

Su nombre no tuvo ningún efecto sobre él, no era algo que debería haber sucedido. Ella había adoptado el apellido de su padre después de dejar Hampton y no recordaba ninguna ocasión en la que Leo la hubiera llamado Ivy. Tal vez él ni siquiera sabía que se llamaba así. No había mencionado el apellido de soltera de su madre, Jameson, así que existía la posibilidad real de que él no la reconociera en absoluto. Ivy no era un nombre singular, no realmente.

Leo cogió una de sus manos enguantadas y besó sus nudillos.

—Es un placer conocerla, señorita Leighton, incluso en circunstancias tan complicadas —sus labios se crisparon al pronunciar las últimas palabras, como si estuviera haciendo todo lo posible por no burlarse de ella—. Veo que está teniendo algunas dificultades con su automóvil —sus ojos recorrieron el estado del coche humeante que había detrás de ella, evaluando la situación.

Ella ladeó la cabeza. Había algo diferente en él, y no era simplemente que se hubiera convertido en un hombre y hubiera dejado atrás los últimos rastros de su niñez. No... había cambiado, y ella no sabía cómo. Había una seriedad en él, una grave solemnidad de un hombre que había sufrido una tragedia y una pérdida y que ahora estaba soportando una pesada carga. Eso le produjo una agridulce nostalgia por el joven que alguna vez había sido y un respeto por el hombre en que se había convertido. Una cosa que no había cambiado era el efecto de su devastadora sonrisa. Él podría haber hecho una fortuna embotellándola y vendiéndola a los corazones solitarios de toda Inglaterra.

Con su desabrochado abrigo Burberry de automóvil, sus pantalones y su gorra, Leo parecía todo un hombre de ocio. Sin embargo, una cadena de reloj de bolsillo de plata que brillaba a la luz del sol le daba un aire de autoridad y precisión. Una impresión totalmente distinta de la del chico que había sido una vez y que había pasado una tarde capturando luciérnagas con ella en el jardín, o consolándola después de que hubiera tenido un día duro y se hubiera raspado la rodilla corriendo.

Recordaba haberle sonreído tan ampliamente que le dolían las mejillas mientras él se inclinaba para mostrarle un insecto capturado entre las palmas de las manos. La luz verde había iluminado su rostro mientras él estudiaba el insecto negro. En ese momento, habían estado unidos por un hechizo de crepúsculo y un brillo efervescente. Teniendo que quedarse quietos, conteniendo la respiración, para no asustar a la tímida luciérnaga y que ocultara su brillo. Su corazón se contrajo, anhelando volver a disfrutar de noches cálidas de verano como aquellas. Ahogó la repentina sensación de nostalgia por un lugar que se había obligado a intentar olvidar.

—Ha sido muy amable de su parte detenerse a ayudar a una dama en apuros —ella le ofreció una sonrisa, con la esperanza de que la acción le levantara el ánimo. Tenía que dejar atrás los recuerdos de aquel chico de dieciséis años, de ojos alegres y centelleantes y sonrisa tentadora, o estaría perdida. *Él no es para ti; no puedes enamorarte de él, no otra vez.* El Leo al que ahora tenía frente a ella era serio y educado, con sólo una pizca de aquel chico encantador y alborotador que recordaba muy bien.

¿Qué lo había cambiado? ¿Su madre había tenido al decir que la muerte de su padre y las presiones de la finca lo habían vuelto frío y desapasionado? Ella había escuchado algunos rumores sobre el padre de Leo, pero no estaba segura de su veracidad. Dada la persistencia de las habladurías sobre la amante de su padre, lo más probable era que eso hubiera afectado a su recepción entre la mayoría de las familias respetables de la ciudad. Incluso ahora ella podía ver un atisbo de esa expresión resignada en sus hermosos ojos. ¿Dónde estaba el joven pasional que le había robado el corazón?

No me extraña que Lady Hampton me rogara que viniera a visitarlo.

—Lo siento, no me he presentado. Soy el Conde de Hampton. Estaría encantado de ayudar, aunque confieso no saber nada de motores de automóviles. Si me lo permite, la acompañaré a su destino y enviaré a mi mecánico para que repare su automóvil y se lo devuelva —mientras Leo hablaba, se inclinó hacia ella, apoyando una mano en el coche junto a su cadera, y ella se estremeció al sentir su olor y su calor. Siempre había sido consciente de él; como un planeta abrazado a una estrella lejana, estaba conectada a él de un modo que nunca había estado con ningún otro hombre. Y eso era lo que lo hacía tan peligroso para ella. Era quizá el único hombre en toda Inglaterra que podía tentarla para que se enamorara. Y el amor arruinaría todos sus sueños de un futuro más brillante como una mujer con derechos. Aun así, le había prometido a Lady Hampton que visitaría la casa y vería a Leo; simplemente necesitaba proteger su corazón mientras estuviera aquí.

—Milord, parece que ambos somos afortunados. Mi destino es, de hecho, Hampton House. He sido invitada por la condesa para su fiesta en la casa.

Esto lo pilló por sorpresa. Sus ojos se entrecerraron ligeramente mientras su mirada recorría su cuerpo. Dentro de su largo abrigo marrón cubierto de tierra, Ivy debía de tener un aspecto espantoso. No era que ella pudiera haber evitado verse así, pero le habría encantado reencontrarse con él bajo mejores circunstancias.

La comprensión se mostró en el ensanchamiento de los ojos de Leo al establecer alguna conexión mental.

—¿Mi madre la ha invitado? No será la hija del tipo del periódico, ¿verdad?

¿El tipo del periódico? Entonces Lady Hampton había mencionado la visita de Ivy. Durante el té, Lady Hampton había esbozado un plan para jugar con Leo que requería cierto grado de discreción en cuanto a la identidad de Ivy. La madre de Leo estaba convencida de que él se portaría demasiado bien si se daba cuenta de que Ivy había sido una vez la niña que él había cuidado. Sería mejor ocultar su identidad durante un tiempo para que él pudiera tratarla como a cualquier otra dama que pudiera conocer. La idea del engaño no le había sentado bien a Ivy, pero tenía que admitir que no quería que él pensara en Botón durante la fiesta en casa.

Le diré quién soy realmente después de que tenga la oportunidad de conocerme como mujer.

—Mi padre es, en efecto, el periodista —soltó una risita. Él no era el primero que reaccionaba así ante los antecedentes de su padre. Los ojos de Leo seguían fijos en su rostro y ella intentó no retorcerse bajo el intenso escrutinio de su mirada. Le hacía sentir calor en los lugares más extraños, y era mucho más parecido al Leo que había conocido de niña.

—Es una suerte haberla encontrado, entonces —miró por encima de su hombro hacia el interior del coche—. ¿Su equipaje?

Antes de que ella pudiera apartarse, él se movió, presionándola accidentalmente contra la puerta. Una oleada de calor la recorrió repentinamente cuando él no retrocedió de inmediato. Sus ojos brillaron con un interés inesperado que la hizo sentirse pequeña y vulnerable. Como si él pudiera ver a través de ella, desentrañar su alma, estudiar las piezas y comprenderla. Qué idea tan aterradora... Nunca había querido que un hombre le provocara semejante sensación, pero con él, más que aterradora, resultaba excitante. Ivy se lamió los labios y los ojos de Leo siguieron sus movimientos como un león haría con un ratón.

—Su —él respiró hondo—, bolso —murmuró, deslizándose junto a ella para meter la mano en el Hudson. Lo recuperó sin ninguno de los problemas que ella había tenido—. Por aquí.

Señaló hacia su coche, que estaba aparcado junto al de ella.

Era un precioso Stanley Touring negro. Su padre había estado a punto de comprar el mismo modelo en lugar del Hudson, pero al final había optado por el llamativo coche amarillo, valorando más el destello que los asientos extra.

Leo se adelantó a ella y colocó su equipaje detrás del asiento de copiloto.

Ivy cogió las gafas y se apresuró a subir a su lado en el Stanley, obteniendo así una ceja levantada por parte de Leo, quien acababa de girarse para intentar abrirle la puerta. Por alguna razón, Ivy necesitaba un momento de espacio entre ellos, al menos el suficiente para recuperar el aliento y el sentido común. ¿Cómo podía una mujer concentrarse ante un hombre tan irresistible? Cuando él estaba demasiado cerca, ella solo pensaba en él y se preguntaba si sus labios eran tan suaves como parecían.

Cuando volvieron a la carretera, él se volvió para mirarla.

—¿Viaja sola? Madre ha mencionado que su padre vendría. Estoy seguro de que ella habría insistido en que usted fuera escoltada —había una nota de desaprobación en su voz que a ella no le gustó.

Ella dudó antes de responder.

—Mi padre llegará mañana por la tarde en tren, y trae a mi dama de compañía y a su ayuda de cámara. Su madre ha dicho que una de sus criadas de arriba podía atenderme hasta que llegaran.

—Entonces, ¿ese era el Hudson de su padre?

La pregunta la irritó porque su tono parecía dar a

entender que una mujer no podía tener un coche. Era de su padre, pero solo porque ella insistió en que compartieran vehículo cuando él se ofreció a comprarle uno propio. No necesitaban dos; eso habría sido una tontería.

—Lo es —respondió un poco rígida—. Pero tengo mucha experiencia conduciéndolo.

Deja que piense lo que quiera al respecto.

Leo guardó silencio un momento.

—Así que... ¿es... amiga de mi madre?

Ivy se mordisqueó el labio inferior, pensando cuál sería la mejor respuesta. Lady Hampton siempre había cuidado de ella de niña, sobre todo cuando su madre cayó enferma. La Condesa fue quien había localizado al padre de Ivy y le había informado que tenía una hija. Para semejante servicio, la palabra *amiga* apenas parecía adecuada. La madre de Leo era un verdadero regalo del cielo. Pero se suponía que debía recordar la pequeña broma que le iban a gastar a Leo manteniendo en secreto su verdadero nombre durante un tiempo.

—Nos conocimos en Londres hace tres meses en una función benéfica de Lady Buxton —una mentira. La condesa había inventado una historia para explicar cómo se conocieron y evitar que Leo descubriera la verdadera identidad de Ivy. Tampoco quería que Leo supiera que Ivy y ella participaban juntas en la Unión Social y Política de Mujeres. Cuando Ivy había cuestionado el engañoso plan, Lady Hampton le había explicado vagamente su dilema, diciendo que Leo se había vuelto demasiado rígido, demasiado impulsivo y no era abierto en su forma de pensar, especialmente hacia el movimiento sufragista.

"Él necesita aventura y misterio, querida, y tú puedes proporcionarle ambas cosas. Será un juego divertido. Necesita quedar impactado por su propio bien."

Pero Ivy había crecido en Hampton House y le preocupaba que los criados la reconocieran. La condesa había insistido en que los criados que la habían conocido de niña tenían instrucciones de tratarla como a cualquier invitado, no como a la niña que habían ayudado a criar.

Ivy no deseaba que "Botón" resucitara en la mente de Leo, y unos días siendo simplemente ella misma serían divertidos. Sin embargo, no jugaría a la impostora por mucho tiempo. Pronto le diría a Leo quién era; simplemente omitiría la participación de su madre en la reunión sufragista local.

Perdida en sus pensamientos, no se dio cuenta inmediatamente de que estaba siendo una mala compañía para él. Una dama de alta cuna nunca se perdería en sus pensamientos en presencia de su futuro anfitrión. Miró a Leo y descubrió que la observaba cuando no estaba mirando el camino.

—¿Y su padre? ¿Cómo conoció a mi madre?

—En el mismo evento. Ella parecía disfrutar discutiendo su periódico.

La carcajada de Leo la hizo fruncir el ceño.

—El periodista. Mi madre mencionó que él iba a venir y le hace mucha ilusión.

Ella esperaba que su padre tuviera la sensatez de seguir las instrucciones de Lady Hampton y no traicionar la verdadera identidad de Ivy mencionando el pasado de su madre y de Ivy en Hampton.

Ivy se estremeció, sintiendo ahora el frío en el aire, y se frotó los brazos.

—Hay una manta para el regazo debajo del asiento —su mano chocó con la de ella cuando ambos intentaron alcanzarla—. Mis disculpas —murmuró él, y apartó la mano. Los dedos enguantados de Ivy rozaron la manta. Se apresuró a colocársela sobre el regazo y las piernas, sintiendo al instante más calor.

—Gracias, milord.

Él se limitó a asentir. El Stanley traqueteaba y rebotaba peor que un carruaje en la carretera. Al cabo de unos minutos, Leo hizo girar el volante hacia un camino de grava que se extendía hacia una enorme mansión a lo lejos.

Hampton.

La vista de la casa siempre le robaba el aliento. Las piedras marrones estaban calientes bajo el sol de septiembre y la luz de la tarde brillaba en los cristales de las ventanas. Los abetos salpicaban los terrenos abiertos en parches como pinceladas de pintura verde intenso sobre un lienzo esmeralda más claro. Ella había olvidado lo grande y hermosa que era la casa.

La naturaleza se mezclaba con la casa y los jardines, convirtiéndola en un mundo privado donde todo parecía posible. En su interior se agitaron los recuerdos de la niebla matinal que envolvía el terreno como zarcillos blanquecinos. Ella solía perseguir a los pavos reales por el césped con Viejo John, el viejo cocker spaniel color caramelo de Leo, que mordisqueaba las plumas de mil ojos de las aves malhumoradas. Desde que tenía memoria, a Viejo John siempre lo habían llamado así. ¿Había sido alguna vez Joven John? No se le había ocurrido preguntarlo. Sus pensamientos tontos la hicieron sonreír. Hampton tenía una forma de recordarle su infancia, con pequeños detalles que le oprimían el corazón en el pecho. Como los arco iris que bailaban en la biblioteca atrapados por un candelabro colgante de diamantes giratorio, o cavar en la tierra fresca para plantar semillas con el antiguo jardinero, el señor Matthews.

A Ivy se le escapó un pequeño suspiro al pensar en todas las horas que había pasado allí, en los minutos transcurridos, sin saber que su madre moriría pronto y que perdería parte de sí misma para siempre. O que perdería a Hampton para siempre. Sin embargo, aquí estaba, sentada en un coche con Leo, *volviendo a casa*.

Capítulo Cuatro

La luz del sol se filtraba entre los árboles, proyectando sombras sobre el césped y el camino de grava a medida que se acercaban a la casa. A finales del verano, esas sombras se espesaban y se convertían en estanques que protegían del calor a los invitados durante las fiestas en el jardín.

Cuando el coche de Leo se detuvo en la entrada principal, una mancha de color chocolate oscuro cruzó corriendo el césped abierto con dirección hacia ellos. Leo aparcó y salió de un salto, saludando a lo que parecía ser un enérgico spaniel. *Definitivamente no era el Viejo John.* Él le pasó las manos por el pelaje y el perro ladró y saltó a sus piernas.

—Tranquila, señorita, tranquila. Siéntate.

Ivy se incorporó en el asiento y vio al perro sentado

perfectamente quieto, esperando la siguiente orden de Leo.

Él le puso un trocito de galleta en la punta de la nariz.

—Espera, espera... —sonrió—. ¡Come! —él se rio cuando la perrita levantó la nariz y cogió el premio.

Leo se volvió hacia Ivy.

—Esta es Ladybird, señorita Leighton. Pido disculpas si su exuberancia es abrumadora. La mayoría de las mujeres no la aprecian. Simplemente no puedo imaginar una vida sin ella, o sin ningún perro en realidad —la sonrisa indulgente que él le dedicó a Ladybird hizo que a Ivy le flaquearan las rodillas.

Ella se echó a reír. Ladybird era un encanto, e Ivy no podía imaginar que no le gustara. Tenía debilidad por los animales, especialmente por los perros.

—Ella es una belleza, milord. Un perro con espíritu es un perro perfecto.

Sus ojos se oscurecieron y la miró durante un largo momento. Ella no se atrevió a respirar, tan solo le devolvió la mirada. El alma que la miraba a través de sus ojos era el joven que ella recordaba. Así que, después de todo, él no había desaparecido.

—Estoy de acuerdo —una sonrisa torcida se dibujó en su rostro y parecía un niño travieso listo para robar tartas de la cocina. Ese destello del antiguo Leo, el que le había robado el corazón, hizo que se le acelerara la respiración. Él llegó a su lado, abriéndole la puerta y tendiéndole la mano. Ella la cogió y dejó que la ayudara a salir, disfrutando del contacto de sus palmas a pesar de que ella llevaba guantes.

Dos lacayos cogieron su maleta y su abrigo antes de salir corriendo. Ivy se preguntó dónde estaba el mayordomo, pero no lo expresó en voz alta.

—Por aquí —Leo la guio al interior.

Fue una sensación extraña entrar por la puerta principal después de tantos años. Aún se sentía como en casa. Motas de luz solar atravesaban las altas ventanas, posándose en los relucientes barandales de madera de la escalera principal. Cada rincón y grieta contenía recuerdos de su infancia y de su madre. Su corazón se oprimió y se mordió el labio.

—Ese ha sido un viaje realmente corto, milord —una figura paternal y familiar los recibió—. Siento no haber podido recibiros en la puerta. Estaba atendiendo una petición de su señoría.

Ivy resistió el impulso de abrazar al hombre de mediana edad que apareció a su lado. El mayordomo, el señor Gordon, había sido un padre sustituto para ella. Ella se encontró con su mirada y un débil destello surgió de las profundidades grises.

—Gordon, ¿te lo puedes creer? He encontrado a una

de las invitadas de mi madre varada en la carretera. Su speedabout se ha averiado. Esta es la señorita Ivy Leighton.

El mayordomo se inclinó ante ella.

—Un placer conocerlo, señor Gordon —respondió ella, esperando que Leo no oyera la falta de aliento en su voz. Esta artimaña de misterio urdida por la madre de Leo no iba a ser fácil de llevar a cabo en compañía de viejos amigos.

Pero esto no será para siempre. Pronto le diré quién soy en realidad. Solo quiero fingir un momento más que soy una dama y que él es un caballero y que...

Puso fin a ese rastro de esperanza que estaban siguiendo sus pensamientos. Querer que Leo se enamorara de ella era un sueño peligroso. Lady Hampton tenía esperanzas de que Leo lo hiciera y lo había mencionado durante su té, pero Ivy no estaba tan segura. Parecía que Leo buscaba una esposa tradicional, para consternación de su madre. *No soy una mujer tradicional y desde luego no necesito un marido.* Ella no había tenido el corazón para decirle a la madre de Leo que no tenía planes de casarse. Una mujer moderna simplemente no podía someterse a un marido, no sin sacrificar sus derechos.

—Un placer, señorita Leighton —murmulló Gordon, con un atisbo de sonrisa asomándose bajo su bigote gris pulcramente estilizado—. Haré que los lacayos se ocupen de guardar sus pertenencias en su dormitorio. Lady Hampton está tomando el té en la terraza, por si os apetece acompañarla.

Leo miró a Ivy, y luego frunció ligeramente el ceño como si la considerara.

—Supongo que querrás refrescarte antes del té. ¿Te espero?

Ella tenía la negación en la punta de la lengua, pero era una invitada y él querría esperarla.

—Sí, gracias. Solo será un momento.

Gordon hizo un gesto a Ivy para que lo siguiera escaleras arriba.

—Por aquí, señorita Leighton.

Dejaron a Leo al pie de la escalera mientras Gordon la llevaba a la Habitación India, la favorita de Ivy de entre todas las habitaciones de huéspedes. Se sintió un poco como la concubina favorita de un sultán mientras acariciaba con los dedos la cubierta de damasco rojo. Gordon había sabido que venía y la había alojado en la habitación que siempre había amado. Él se hizo a un lado para que un lacayo dejara las maletas en el suelo, junto a la cama. El lacayo le dirigió una tímida mirada antes de salir de la habitación.

Antes de marcharse, Gordon le susurró en tono de conspiración:

—Nos alegramos mucho de que haya vuelto, señorita Ivy. La señora Gordon está impaciente por verla. La hemos echado mucho de menos todos estos años.

Él sonrió afectuosamente, y ella parpadeó para ahuyentar las lágrimas mientras los recuerdos de él y del resto del personal de Hampton la asaltaban con nostalgia.

Dejarlos había sido devastador. Pero cuando su padre había descubierto que tenía una hija, había movido cielo y tierra para traerla a Londres y compensar su ausencia durante los primeros ocho años de su vida. El pasado había quedado enterrado y, con él, todas las conexiones con Hampton, hasta que había recibido la invitación de Mina para tomar el té en Londres.

—Gracias, Gordon. Me alegro de haber vuelto. Por favor, díselo a los demás, aunque no pueda demostrarlo.

El mayordomo sonrió.

—Ya lo saben. Su señoría nos ha informado los detalles.

Ivy sonrió.

—Pobre Leo.

Gordon resopló.

—Ella está muy decidida a quebrantar su severidad de carácter. Creo que teme que siga adelante con su intención de casarse con la señorita Mildred Pepperwirth.

—¿Con quién? —un cosquilleo de celos revoloteó

por Ivy con alas oscuras. Aunque no tenía ningún derecho sobre Leo, no le gustaba la idea de que se le declarara a nadie. Lady Hampton había omitido toda mención de otra mujer cuando habían estado urdiendo este plan para revivir al hombre salvaje y malvado que Leo había sido en otros tiempos.

—La hija del Vizconde Pepperwirth. Ella vive en el parque vecino. Una dama bien educada, pero... —Gordon cerró la boca.

—¿Pero no es lo que Leo necesita en una esposa? —supuso Ivy. No debería haber importado; ella no tenía intención de competir con otra mujer por su afecto. Aunque tuviera la tonta idea de querer casarse, que *desde luego* no era el caso, ¿cómo iba a competir con una mujer que probablemente tenía un linaje que se remontaba a Carlomagno?

—Si su señoría cree que eres la indicada para Leo, deberías confiar en ella —dijo Gordon.

Palabras ciertas. Ivy no podía negarlo. La condesa siempre había tenido razón en todas las situaciones, pero eso no cambiaba el plan de Ivy de no tener nunca marido.

Por mucho que desee que me ame, no puedo casarme con él, ni con ningún hombre. El pensamiento era desolador y su corazón estaba vacío por un dolor que no podía aliviarse.

Capítulo Cinco

L eo se reclinó contra la barandilla, tamborileando los dedos sobre la madera de nogal pulida.

Ivy. Un nombre tan hermoso como la propia mujer. Él había estado a punto de destrozar su Stanley al ver sus torneadas piernas en el aire mientras ella se retorcía para enderezarse. Incluso ahora, se le calentaba la sangre al recordar lo calientes que habían estado sus pantorrillas cubiertas de medias bajo sus manos.

Su cara... algo en ella... como si la hubiera visto antes. Justo cuando creía haberla localizado, el recuerdo se disipó como la neblina matinal. Ciertamente, ella era única, y él sabía sin lugar a dudas que no habría olvidado conocerla. Su pelo era negro gitano, abundante y largo. Ojos del color del cacao. Su piel era de color oliva claro. Ella tenía una toque italiano en la sangre o tal vez algo más, y eso lo fascinaba. Eso era malditamente peligroso. Él no podía dejarse distraer por ella. Aunque era más joven y mucho más atractiva que la amante de su padre, no había pasado por alto el paralelismo de la situación. Si empezaba a perseguir las faldas de Ivy, Leo no sería mejor que su padre. Londres se llenaría de cotilleos sobre cómo él era igual que el viejo Hampton. Todas las puertas de las familias respetables se cerrarían en un estruendoso portazo después de aquello.

Se dio una pequeña sacudida, intentando olvidar la forma en que sus ojos marrones caramelo habían sido tan dorados como la miel y la forma en que su sonrisa lo había deslumbrado. Estos no eran pensamientos propios de un hombre dispuesto a declararse a otra mujer. Mildred Pepperwirth iba a ser su prometida en cuanto dejara de retrasarlo y le propusiera matrimonio. Ella era la decisión lógica. Una belleza inglesa, sin líos, sin escándalos, y definitivamente *sin* pasión. Una esposa sensata para un hombre sensato. No era una gitana salvaje que lo tentaría a perder el control.

Dios, Madre tenía razón; se *había* vuelto aburrido. El viejo Leo habría cazado a la más exótica de las bellezas o seducido a la más dulce de las damas para llevarla a su cama, ofreciéndoles horas de placer bajo sus manos. Pero cuando pensaba en Mildred, no había calor, ni fuego en su sangre.

Pero ella era la mejor elección. Un hombre no podía elegir a su esposa por cómo afectaba a su lujuria, especialmente un hombre que necesitaba revivir el buen nombre de su familia. Él necesitaba centrar su atención en Mildred. No en la seductora y misteriosa Ivy de labios carnosos destinados para besos y esa risa ronca más propia del dormitorio de un caballero que de una conversación cortés.

Lo que daría por dejarme llevar, por coger lo que deseo y seducir a la belleza de pelo negro...

—Lista —su voz era suave y ligera y llevaba consigo una sensualidad natural. Sería muy fácil volver a sus viejas costumbres, guiarla a una habitación privada y besarla hasta que estuviera desesperada por más. Se enderezó con una pequeña sacudida y disipó semejantes pensamientos perversos, luego se alisó la parte delantera del chaleco con las manos y sonrió mientras ella descendía.

Sus cabellos despeinados por el viento estaban en su sitio y ya no llevaba sombrero. La ropa de automovilista había desaparecido y estaba vestida para el té de la tarde con un vestido de color rosa pálido que se ceñía a su estrecha cintura y mostraba su exquisita figura de reloj de arena. Mientras ella bajaba las escaleras, él admiró la manera en que el sobrevestido de encaje de gasa dorado brillaba y realzaba su cabello oscuro, que estaba recogido en ondas y atado en un nudo suelto. Ella era impresionante, y a Leo le tomó un momento tragar saliva antes de poder hablar.

—Te ves... —vaciló con el cumplido y decidió omitirlo—. Estoy seguro de que estás ansiosa por ver a mamá.

Ivy sonrió y se levantó la falda lo suficiente para dejar al descubierto una capa de seda naranja justo por encima de sus zapatillas de raso color crema.

—¡Ah, sí!

Se reunió con él al pie de la escalera y levantó el codo para que Ivy pudiera deslizar el brazo a través del suyo. Ella lo hizo y el movimiento la acercó. Un delicado aroma a naranjas y flores le acarició la nariz, tentándolo. Él quería hundir la cara en su pelo e inhalar el aroma apenas perceptible. Llevaba un año sin dejar que el aroma de una mujer le afectara... Leo disipó los recuerdos de sus días salvajes. No le convenía morar en el pasado ni en cosas que no podía tener, como Ivy.

Leo llevó a Ivy a la terraza trasera, donde encontraron a su madre bebiendo el té y mirando en dirección a los jardines. Ella parecía perdida en sus pensamientos.

—Madre, la señorita Leighton ha llegado pronto.

Su madre los miró por encima del hombro y su expresión melancólica desapareció en un instante.

—¡Ivy querida! ¡Luces preciosa! ¿Acaso no luce preciosa, Leo? —se levantó y abrió los brazos. Los labios de Leo se entreabrieron con sorpresa cuando la joven voló al abrazo de su madre.

Realmente parecían ser muy unidas, y le sorprendía que su madre se hubiera encariñado con una joven después de tan poco tiempo de conocerla. ¿Por qué nunca le había hablado de Ivy hasta ahora? El misterio en torno a Ivy no hacía más que aumentar.

—Leo, querido, ven aquí —su madre le hizo señas para que se sentara a la mesa.

Sirvieron el té y Leo observó fascinado cómo las dos mujeres cotilleaban sobre Londres, sus amigos en común y muchas otras cosas, sobre todo intelectuales. Ivy parecía bastante culta. Leo sintió un fuerte deseo de introducir sus propios pensamientos, pero podía ver que su madre no aprobaría que interrumpiera su conversación. Eso solo significaba que más tarde tendría que encontrar a solas a su encantadora invitada para hablar de los temas sobre los que parecía tan versada. Nunca había conocido a una mujer que supiera de negocios y de la actual estructura económica de las empresas en alza, en particular de la industria periodística. ¿Ella estaba haciendo eco de las opiniones de su padre o eran pensamientos propios? Leo tenía curiosidad por saberlo.

—Ivy, tu padre ha enviado un telegrama. Vendrá esta tarde en vez de mañana. Llegará en tren. He dispuesto que nuestro chófer lo recoja —explicó la condesa viuda.

La preocupación frunció el ceño de Ivy.

—Me temo que él se enfadará conmigo. He estropeado su coche nuevo. Lord Hampton ha tenido la amabilidad de rescatarme.

—¿De verdad? —los ojos de su madre se iluminaron con un brillo curioso. Eso significaba problemas para él. Sin duda, ella tenía algún plan de casamentera en marcha.

—Sí, fue todo un héroe —respondió Ivy.

Leo vio cómo ella arrugaba la nariz y le brillaban los ojos al reír. Se estaba burlando de él.

—Estoy segura de que cualquier hombre habría estado encantado de ayudarla. Yo solo tuve la suerte de ser el primero en llegar —tragó saliva con dificultad, y la repentina imagen de su sonrisa burlona invadió su cabeza como si se hubiera bebido una botella entera de brandy en cuestión de minutos.

—Tonterías, Leo. Si una dama insiste en que eres heroico, *no* la corrijas —dijo su madre de manera pícara.

—Como tú digas, madre —su respuesta automática

la hizo fruncir el ceño. Él la ignoró y cogió el plato de bollos, intentando no pensar en la pila de papeles en su oficina que necesitaba atender. Por el momento, dejó que las responsabilidades quedaran en segundo lugar, por debajo de su deseo de conocer mejor a Ivy.

—Ahora, Ivy, ¿has asistido a alguna nueva reunión sufragista desde la última vez que nos vimos?

La pregunta aparentemente inocente de su madre lo hizo sentarse más erguido. Después de la acalorada discusión de su madre con él, temía que reuniera a otra mujer decente para su causa y la corrompiera.

—No lo he hecho en el último mes. He estado ocupada, pero asistiré a la de la ciudad mientras esté aquí para la fiesta —respondió Ivy, y añadió dos terrones de azúcar a su té, aparentemente despreocupada por completo de que estuviera diciendo tonterías. ¿Así que la señorita Leighton deseaba que las mujeres votaran? Él la estudió de nuevo. Ella no parecía una radical salvaje como las mujeres descritas en los periódicos. Las damas bien educadas sabían que no debían involucrarse en esas tonterías.

Mujeres votando. ¡Ja! Leo miró a su madre con el ceño fruncido.

—Mi hijo —su madre dirigió el comentario hacia Ivy —, no cree que las mujeres deberían votar.

Él se atragantó con el bollo y tosió violentamente. El

té con su madre se estaba convirtiendo rápidamente en un peligro para su salud. Con un pequeño empujón, apartó los bollos de su alcance y miró fijamente a su entrometida madre.

—No es una cuestión de creencias, sino de verdad. Las mujeres no tienen sentido común ni la educación para votar. Simplemente votarían lo que sus maridos, padres y hermanos les exigieran. No cambiaría nada. Cualquier hombre capaz de persuadir a una mujer simplemente duplicaría su propio voto, haciendo inútil todo el proceso. No tiene sentido contemplar semejante idea —Leo se acomodó en su silla, encantado de haber aclarado el asunto a la joven.

—¿No cambiaría nada? —preguntó Ivy en voz baja. Sus labios carnosos dejaron de sonreír para fruncir ligeramente el ceño. El fuego que ardía en sus ojos color ocre era la única advertencia de que él había cometido un terrible error.

Ivy apoyó las manos en su regazo y enroscó los dedos en la servilleta para evitar gritar. ¿Sería tan terrible volcar toda la tetera de té caliente sobre su cabeza? Seguro que no...

¿No cambiaría nada? ¿Cómo pude haber pensado

que lo amaba cuando era joven? ¡Es un estúpido arrogante!

Ella puso una expresión educada pero gélida. Muy bien, si el hombre pretendía ir a la guerra, entonces ella estaba perfectamente dispuesta a asediar sus insípidas ideas sobre el lugar y el papel de una mujer.

—No hay pruebas científicas de que los hombres sean más fuertes intelectualmente. Si las mujeres recibieran *exactamente* el mismo trato que los hombres, las mismas oportunidades, la misma educación... y lo que es más importante, las mismas expectativas, tanto conductual como intelectualmente, entonces no estaríamos relegadas a una existencia secundaria.

Leo entrecerró los ojos, claramente dispuesto a la batalla.

—Ninguna mujer de las que conozco está cualificada o siquiera interesada en votar. Ellas entienden que les corresponde a sus maridos, padres y hermanos tomar las decisiones porque ellos están mejor informados. Es lo mejor para todos.

—¿Es realmente lo mejor para *todos*? —preguntó Ivy, con tono dulce, pero él pareció percibir una capa venenosa en su tono porque se desplazó hacia atrás en su asiento—. Las mujeres son más inteligentes de lo que usted cree.

Cuando él emitió un pequeño ruido de burla, Ivy

necesitó todo su autocontrol para no estirar su brazo por encima de la mesa, cogerle la corbata y estrangularlo.

—¿Usted cree que una esposa, una hermana o una hija confesaría sus verdaderos deseos a cualquier hombre cuando solo espera tres resultados: el ridículo, el abuso o simplemente ser ignorada? Ese es nuestro destino. A vosotros, los hombres, se os permite perder los estribos y declarar vuestras opiniones a gritos y puñetazos, pero en el momento en que una mujer levanta la voz o persiste en expresar su opinión, es declarada histérica y enviada a un manicomio donde la vuelven loca de verdad. ¿Cree usted que las mujeres reconocerían su necesidad de ser iguales si supieran que les espera un destino semejante? Si es así, *usted, milord*, es un tonto.

Ella conocía personalmente las privaciones que sufría su sexo a manos de hombres que intentaban reprimirlas. Ella había ayudado a más de una de sus compañeras sufragistas a recuperarse de la alimentación forzada y otros actos innombrables a los que habían sido sometidas tras ser arrestadas. Los hombres estaban aterrados de las mujeres, tan aterrados que sentían la necesidad de actuar con violencia. Una no podía hablar a los hombres del miedo, ni esperar de ellos un comportamiento racional. Ellos reaccionaban con dureza ante cualquiera que les sugiriera que aprendieran a aceptar el cambio. Pero el cambio llegaría algún día, y los hombres tendrían que adaptarse a los tiempos.

Ivy consiguió mantener su voz calmada durante todo su discurso, pero después estaba tan furiosa que se puso en pie y se marchó en dirección a los jardines. Así no se había imaginado su primer encuentro con Leo después de tantos años. Gracias al cielo que ella no le había hablado de su participación en la Unión Social y Política de Mujeres. Él podría haberla echado de la mansión.

Huyendo a través del laberinto de setos, Ivy encontró el familiar roble junto al borde izquierdo del largo estanque rectangular. Se levantó la falda por encima de los tobillos y pisó el lecho de hiedra que se había abierto camino hasta el tronco del árbol. Sus dedos rozaron la superficie cerosa de las hojas y casi soltó una risita. ¿Quién iba a imaginar que un simple té por la tarde acabaría con semejantes fuegos artificiales?

Tenía la cara caliente y el cuerpo enrojecido por el arrebato. Su corazón seguía latiendo violentamente, como las alas de una libélula. Ella acababa de regañar al Conde de Hampton por el sufragio femenino. Emmeline Pankhurst se habría sentido orgullosa y probablemente le habría dedicado un efusivo "¡Bravo!". Se le escapó un pequeño bufido y se dio la vuelta, sorprendida cuando se encontró cara a cara con Leo.

Estaba de pie a solo tres metros de ella, con una mano metida en el bolsillo del pantalón, tanto irritado como a punto de sonreír.

¿Cómo no lo había oído seguirla?

—¿Algo le divierte, señorita Leighton? —arqueó una ceja dorada, con una mirada imperiosa en su rostro. Él era todo un león con su engreído orgullo masculino. Y era malditamente apuesto. Era una lástima, reconoció ella, que él no entrara en razón cuando se trataba de asuntos de mujeres. ¿Qué solía decir su madre? Un hombre apuesto nunca debería desperdiciarse. Sin embargo, si el hombre en cuestión no era lo suficientemente inteligente como para dar a las mujeres lo que les correspondía, entonces Ivy no podría soportarlo por mucho tiempo. Ésa era exactamente la razón por la que ella nunca podría casarse. Solo había conocido a un puñado de hombres que creían que las mujeres deberían tener derecho al voto, y la mayoría eran jóvenes de poco más de veinte años, desesperados por complacer a un amor de la infancia leal a la causa.

—Lo siento. Es una broma privada —ella se llevó una mano a la boca para reprimir una carcajada.

Leo se acercó un paso más.

—No puedo evitar pensar que se está riendo de mí. Y pensar que he venido tras de usted a ofrecerle mis disculpas —se cruzó de brazos y la fulminó con la mirada, pero había una pizca de picardía en sus ojos que la hizo querer sonreír, aunque seguía furiosa porque él no veía su punto de vista.

Aunque él no estuviera de acuerdo con ella, Ivy sabía que era mejor arreglar esto antes de arruinar la próxima fiesta de la casa por estar en desacuerdo con su anfitrión.

—No ha sido usted, milord, sino yo. Simplemente estaba mortificada por haber perdido los estribos delante de usted. Suelo reírme de mis errores. Es mejor que la alternativa.

Leo se acercó y a ella se le cortó la respiración. De niña, había amado cuando él había estado cerca de ella, pero ahora... era diferente. El hecho de que él estuviera cerca la hacía sentir viva. Su piel hormigueaba con una conciencia exacerbada.

No debería sentirme así, no por él. Yo he cambiado, y él también. Ya no somos niños, y desde luego no somos aptos para nada más. No importaba lo que se dijera a sí misma, eso no cambiaba lo que sentía ni el deseo que tenía de saber lo bien que se sentiría perderse en un beso.

—¿Cuál es la alternativa? —preguntó él con curiosidad.

Ivy se encogió de hombros, aun intentando ignorar la acalorada reacción de su cuerpo ante su cercanía.

—Lo que hace reír a uno también puede hacerlo llorar.

De repente, Leo volvió a sonreír.

—No tiene por qué llorar por mí. Ahora, no discutamos. Sospecho que mi madre ha jugado con nosotros para que discutiéramos a propósito. Ella ha estado muy irritante desde que terminó su período de luto hace unas semanas. Crear escándalos y problemas parece haberse convertido en su nueva actividad favorita.

—Lo siento. Me enteré de lo de su padre el año pasado. ¿Ella lo echa mucho de menos?

Ivy sabía la verdad, que la viuda había amado a su marido pero había odiado amar a un hombre que la había abandonado por otra mujer, pero tuvo que fingir ignorancia ante todo esto. No debía conocer los secretos más oscuros de la familia de Leo si quería que su identidad siguiera siendo un misterio durante la fiesta de la casa.

Leo se reunió con ella junto al árbol cubierto de hiedra, apoyando un codo en la corteza y estudiándola. Ella tuvo que resistir el impulso de retroceder. Había algo aterrador, y a la vez excitante, en la forma en que él la acorralaba, como un lince que ella había visto durante una expedición de caza con su padre. Leo y el lince tenían el mismo brillo astuto en los ojos. De niño, él había sido encantador, pero como hombre, era mucho más tentador. Las fuertes líneas de su mandíbula, el brillo de sus ojos, las manos fuertes pero elegantes que ella no podía evitar imaginarse sobre su cuerpo... Ivy se apartó con brusquedad del peligroso camino al que podían llevarla aquellos pensamientos. *No puedes dejar que un hombre te tiente, ni siquiera éste.*

—En realidad, Madre nunca ha sido más feliz, y está decidida a vivir escandalosamente. Yo solo hago lo mejor que puedo para contener sus deseos más salvajes —su mirada se posó en sus labios por un momento antes de volver a mirarla a los ojos.

¿Deseos salvajes? ¿Por qué la forma en que él lo dijo hizo que su cuerpo temblara? Ivy tenía que mantener la conversación. No podía hacerle saber el efecto que él estaba teniendo en ella. Lo último que necesitaba era que Leo aumentara su encanto y le hiciera olvidar la promesa que se había hecho a sí misma de no enamorarse de él. Sería un desastre para los dos y acabaría con sus sueños de cambiar el mundo para las mujeres en todas partes.

—¿Usted echa de menos a su padre? —le preguntó, con la voz entrecortada, mientras él se inclinaba hacia ella, con el rostro convertido en una máscara de intensidad. Se sintió acorralada, pero no asustada, solo... inquieta.

—Es difícil echar de menos a un hombre al que

apenas conocí y al que rara vez quise. Él no era un hombre amable —aunque dijo esto con brusquedad, había un poco de dolor en el fondo. Ivy no pudo evitar preguntarse si era porque el padre de Leo había sido cruel o porque el escándalo que había dejado atrás estaba causando revuelo en Londres.

Los recuerdos de su infancia en Hampton House se habían visto ensombrecidos por la oscuridad de espíritu del viejo conde. Él había amenazado con echar a la madre de Ivy cuando la noticia de su embarazo llegó a él. La madre de Leo se había negado rotundamente a despedir a su dama de compañía, sin importarle el escándalo de la situación. Cuando ambos habían discutido por ello, había habido gritos y cristales rotos. Después de eso, a la madre de Ivy se le había permitido quedarse, e Ivy había crecido escondiéndose del viejo conde. Ojos que no ven, corazón que no siente.

—¿Su madre se reunirá con nosotros este fin de semana? —preguntó Leo.

La mueca de dolor de Ivy atrajo su concentración por completo. Tenía que seguir fingiendo, ya que estaba claro que él no la recordaba como la pequeña Botón acompañándolo en sus aventuras infantiles.

—Mi madre murió cuando yo era una niña. Mi padre no se ha casado desde entonces —listo, eso era bastante vago, teniendo en cuenta que sus padres nunca se habían casado.

Leo se enderezó de inmediato, dando un paso atrás, y todas las acciones depredadoras se detuvieron.

—Lo siento mucho. Yo simplemente asumí… lo siento —se disculpó, con la cara ligeramente enrojecida.

—No pasa nada —le aseguró ella.

—¿Le importaría si…? —comenzó, pero un lacayo apareció a unos metros de distancia y tosió cortésmente —. ¿Sí? —gruñó Leo con los dientes apretados, obligándose a alejarse de ella.

—El señor Leighton ha llegado y está preguntando por su hija y su… coche —el lacayo esperó pacientemente, con los ojos fijos en el suelo y su rostro estoico.

—Gracias, Will. Entraremos enseguida —anunció Leo, y entonces su chaperón temporal desapareció.

Leo se inclinó hacia ella y cogió su mejilla, recorriendo sus labios con el pulgar mientras la estudiaba. Los latidos del corazón de Ivy se aceleraron con locura. *Debería apartarme, pero, Dios, su contacto me hace arder de la forma más maravillosa…*

—Él se va a enfadar conmigo. Ese Hudson era nuevo —ella intentó no pensar en cuánto había costado el Hudson. Si ellos no podían reparar los daños… Era muy fácil olvidar cuánto dinero tenía su padre. Ivy sabía por lógica que no necesitaba preocuparse, pero aun así, lo hizo.

—No se preocupe, señorita Leighton. Mi mecánico lo reparará —la voz de Leo era suave, reconfortante—. Los coches se averían. Las malditas cosas son impredecibles. Si su padre está molesto, no será por nada que usted haya hecho.

—Sí, pero...

Sin decir nada más, él bajó la cabeza. Cuando sus bocas estaban a una pulgada de distancia, Leo capturó su mirada y algo salvaje y ardiente pasó entre ellos cuando inclinó su boca sobre la de ella. Todas las preocupaciones y miedos fueron destruidos por el despertar del placer y el fuego.

El calor y la luz ardieron en ese único beso, como delicadas chispas disparándose en la noche sobre un abundante fuego. A Ivy se le escapó un pequeño gemido cuando Leo le abrió la boca con la lengua. Una de sus manos la cogió por la cadera, manteniéndola firme entre él y el árbol mientras presionaba contra ella. El embriagador aroma de las hojas otoñales, el cuero y el sándalo hizo que los sentidos de Ivy se dispararan.

Con suaves besos y una lengua perversa, Leo le enseñó todas las formas en que ella había deseado besar. Era el tipo de beso sobre el que susurraban las criadas del piso de arriba, el que hacía que una mujer perdiera la cabeza... y el corazón.

Esta es una idea terrible. Debería detenerlo... pero... La voluntad de romper el beso se desvaneció como la niebla matutina. En otro tiempo, no había nada más que Ivy hubiera deseado en su vida, un beso de su príncipe de cabellos rubios. Pero ella había cambiado; había crecido y el beso de un hombre no debería haber sido tan potente como para hechizarla. Sin embargo, el beso de Leo era exactamente eso, un hechizo que la unía a él de una forma que temía que le rompiera el corazón.

Él le mordisqueó los labios e Ivy sintió cómo la boca de Leo se curvaba en una sonrisa contra la suya antes de que él finalmente se apartara. Sus ojos estaban oscurecidos por la pasión y su respiración era áspera y cálida contra el rostro de ella. Sus cuerpos estaban muy cerca, y la intimidad la estaba haciendo sentir como si no hubiera nada más allá de ellos en ese momento.

—¿Por qué tengo la sensación de que usted va a causar problemas, señorita Leighton? —Leo soltó una risita y, de repente, deslizó la punta del dedo por su nariz, golpeteándola ligeramente, como había hecho tantas veces hacía tantos años.

—¿Problemas? —repitió débilmente. Todavía conmocionada por su primer beso y por el cálido escalofrío que le recorría las extremidades, ella no se atrevió a moverse por miedo a caerse. El amor era peligroso; el amor arruinaba los sueños de una mujer. Y Leo era el único hombre que podía tentarla a enamorarse.

—Oh, sí. Justo cuando lo tengo todo planeado, llega usted y me recuerda por qué solía ser tan malvado —se inclinó y le plantó un último beso en los labios antes de entrelazar sus brazos y acompañarla de vuelta a la casa.

Ivy no lo miró. Se sentía cambiada. Su momento secreto la había despertado y había derretido todas las defensas que creía haber construido contra de su encanto. ¿Cómo iba a pensar con claridad si lo único que quería era revivir aquel beso? Las almenas cuidadosamente construidas alrededor de su corazón se estremecieron, temblaron, se derrumbaron.

Oh, Dios...

Capítulo Seis

La casa era un frenesí de caos. Los sirvientes corrían de un lado a otro: equipaje en brazos de los lacayos y los sombreros y abrigos de las damas llevados por las criadas del piso de arriba. Los altos techos de la entrada resonaban con las voces de los invitados. Leo se apartó del camino, permitiendo que la señorita Leighton se acercara apresuradamente a un hombre alto y llamativo de bigote oscuro y piel aceitunada. Su padre, supuso él, dadas las similitudes de sus rasgos. Ciertamente extranjero. No era de extrañar que ella fuera una belleza tan exótica.

—¡Hampton! —una voz fuerte atravesó el alegre escándalo, y Leo recibió una sonora palmada en el hombro por parte de Owen Hadley.

—Hadley, nunca me había alegrado tanto de verte —el rostro familiar de su amigo alivió la tensión en los hombros de Leo. Él tendría un aliado en medio de esta refriega social.

Owen se rio.

—Qué bien que tu madre me haya invitado. Creo que ella sabía que me necesitarías —señaló con la cabeza al grupo mixto de hombres y mujeres que había en el salón. Leo reconoció las caras, pero todas eran más amigos de su madre que suyos. Aparte de Owen, Ivy era quizás la única persona en la que él estaba interesado. ¿Su madre había hecho esto a propósito? Leo había insistido en que ella invitara a Mildred y a sus padres a la fiesta después de que él adivinara sus intenciones, pero ¿cómo iba a tratar por igual a Mildred y a Ivy durante la fiesta? Su cuerpo deseaba a Ivy, pero la parte racional de su mente le recordaba que necesitaba centrarse en su futura esposa. Era una mala situación, y estaba seguro de que su madre la había planeado deliberadamente.

Los ojos de Owen brillaron.

—¿En qué estás pensando? Tienes esa mirada en tus ojos —apoyó un hombro contra la pared, observando a Leo con un vivo interés.

—Mi madre está tramando algo. Yo estoy simplemente intentando ser más hábil que ella.

Su amigo se rio.

—¿Tramando? Dios, ¿no eres demasiado mayor para que eso sea una amenaza? ¿Qué es lo peor que ella podría hacer?

Leo suspiró y asintió discretamente en dirección a Ivy.

—*Ese* es su último plan. Mi madre no se considera admiradora de la señorita Pepperwirth y está decidida a estropear mi plan de proponerle matrimonio distrayéndome con una joven encantadora.

El rostro de Owen se torció en una mueca desagradable.

—¿La hija de Lord Pepperwirth? Por Dios, hombre, ¿te odias a ti mismo? ¿Por qué dar el sí con semejante...? —hizo una pausa, se contuvo y corrigió más educadamente—. Ella es una dama *encantadora*, estoy seguro.

—Sé muy bien que la señorita Pepperwirth no es ideal. Su temperamento es severo, pero la influencia de su padre en la Cámara de los Lores sería beneficiosa, y su dote mantendría a Hampton bien situado por las próximas generaciones. Debo considerar eso por encima de mis propios deseos —metió la mano en su bolsillo y frotó con los dedos la suave plata de su reloj de bolsillo. El pequeño tictac de su corazón metálico latía contra la palma de su mano. El tiempo avanzaba eternamente, otro segundo perdido, otro minuto desperdiciado. Leo volvió a mirar a Ivy y a la tentadora curva de su sonrisa mientras abrazaba a su padre. Una criatura muy cálida y afectuosa. ¿Ella sería igual con un amante?

—Nunca te imaginé como una especie de mártir —observó Owen.

Era una afirmación con la que Leo habría estado de acuerdo antes de la muerte de su padre. Pero en el último año, él se había visto obligado a cambiar, ya que había tomado las riendas de la finca tras el lamentable fallecimiento de su padre.

—Tú tienes suerte de no tener que preocuparte por tales cosas —dijo Leo.

Un lacayo pasó corriendo junto a ellos y Owen bajó la voz.

—Por supuesto que esto me preocupa, más de lo que crees —el rostro de su amigo se llenó repentinamente de sombras y sus ojos se vieron atormentados—. Mi propia finca en los Cotswolds es un caos total. Desde que volví de la guerra, he estado luchando para reconstruirla sobre una base sólida. Entiendo cómo te sientes, Leo, de verdad, pero te conozco. El matrimonio con una arpía de lengua mordaz no te hará feliz. Es probable que te vuelva loco. Yo no me arriesgaría, hombre.

Leo se quedó mirando a Owen, sorprendido. ¿Cómo no se había dado cuenta de que su amigo estaba en tan malas circunstancias? Dios, era un maldito bastardo por no saber que su amigo estaba en peor estado que él.

—Hadley, lo siento. No sabía…

Owen se encogió de hombros, pero el movimiento carecía de la despreocupación que solía tener su amigo.

—No es culpa tuya. Las deudas de las fincas de nuestros padres son una carga para todos nosotros —desvió la mirada durante un largo instante, como si intentara ocultar sus preocupaciones. Luego se volvió hacia Leo con una sonrisa forzada—. Entonces, ¿quién es la encantadora dama involucrada en los planes de tu madre? Tal vez me gustaría enredarme también en esa red.

Fue entonces cuando Leo se dio cuenta de que los ojos de Owen estaban fijos en Ivy y su mirada era demasiado apreciativa. Owen se aflojó el cuello de la camisa mientras su mirada recorría el cuerpo de Ivy.

Un repentino deseo de golpear a su viejo amigo casi se apoderó de Leo. Sus dedos se cerraron en un puño y necesitó toda su fuerza de voluntad para no golpear al otro hombre.

—¿Me presentarás? —preguntó Owen, mostrando a Leo una sonrisa malvada como si pudiera leer los pensamientos asesinos de Leo. Ellos eran de la misma altura y complexión musculosa. Una batalla a puñetazos sería dolorosa, y ambos lo sabían.

Con los dientes apretados, Leo asintió.

—Una presentación, pero nada más. Intenta comportarte con mi invitada. Ella es... —él había estado a punto de decir inocente, no era que pudiera explicar por qué.

Ella era una desconocida. Nunca la había visto antes hasta que se detuvo junto a su coche y vio sus gloriosas piernas agitándose en el aire, pero sabía que ella era inocente respecto al comportamiento de los hombres. El recuerdo del beso que él le había robado, la forma en que la había persuadido para que respondiera, cómo había enseñado a su boca a moverse con la suya. Era una tontería besar a una mujer con la que no pensaba casarse, pero no pudo resistirse. No después de que ella lo mirara como si él pudiera regalarle la luna y las estrellas, y de que Leo sintiera el extraño deseo de tocar la punta de su adorable nariz... Era como un sueño recordado a medias, como si él lo hubiera hecho mil veces y, sin embargo, se sentía nuevo.

No le cabía duda de que Ivy había sido creada por los dioses para tentarlo. Con esos ojos en forma de almendra adornados con largas pestañas oscuras y unos labios exquisitamente exuberantes... la forma en que lo había regañado por el tema de las votaciones. Leo había amado el enfrentamiento verbal. Ella carecía de la acidez de Mildred, cuyos comentarios parecían siempre basados en el desprecio por todo. Él se estremeció. Owen tenía razón. Casarse con Mildred sería un esfuerzo tonto por sí solo, pero si a eso se le añadía duplicar el patrimonio de Hampton... un hombre podía pasar por alto a la arpía malhumorada de su esposa, ¿no?

Owen le dio un empujón en el codo.

—No dejes desamparado a un hombre, Hampton. Quiero conocer a esta dama.

Leo lanzó una mirada fría a su amigo mientras caminaban entre la multitud de invitados, murmurando saludos hasta que llegaron a Ivy y su padre.

—Bienvenido a Hampton, señor Leighton. ¿Podría presentaros a mi buen amigo, el señor Owen Hadley, a usted y a su hija? Señor Hadley, éste es el señor Leighton y su hija, la señorita Ivy Leighton.

—Encantado de conocerlo, milord. Lady Hampton me ha hablado mucho de usted.

El señor Leighton le tendió la mano, un gesto íntimo que pilló desprevenido a Leo, pero éste se la estrechó de todos modos y luego Leighton hizo lo mismo con Owen. A continuación, Owen dirigió todo el peso de su encanto hacia Ivy, cuyo rubor hizo que su piel ligeramente aceitunada se tornara de un hermoso rosa oscuro.

Leo tuvo que obligarse a concentrarse en el señor Leighton y no en su deseo personal de estrangular a su amigo, quien estaba depositando besos en los nudillos enguantados de Ivy.

Él dirigió la mirada a su invitado.

—Tengo entendido que usted es el propietario del *London News Weekly*.

Leighton esbozó una sonrisa de complicidad y se frotó la barbilla.

—¿Supongo que usted no es un lector frecuente del *Weekly*? No es tradicional como el *Post*, lo sé, pero creo que la gente debe disfrutar lo que lee y entretenerse. No todo en la vida debe ser monótono y aburrido. Algunas lecturas deben ser por placer.

Leo se rio, realmente sorprendido. Leighton parecía más agradable de lo que había esperado. El hombre conocía la reputación de su periódico y no le ofendió lo más mínimo que Leo no fuera un ávido lector. El hecho de que Leighton pudiera ver su empresa con imparcialidad hablaba bien de él.

—¿Ivy dice que usted la rescató cuando el Hudson dejó de funcionar en la carretera? Le agradezco por los servicios que brindó a mi hija —los ojos de Leighton centellearon con una alegría paternal, como si hubiera tenido que lidiar con problemas en los que se había metido su hija.

Leo tuvo que morderse la lengua ante la repentina imagen de ofrecer otro tipo de servicios a Ivy, principalmente aquellos que se realizaban mejor en la cama. Amaría atenderla toda la noche... *¡Maldita sea!* ¿Cómo había conseguido afectarlo tan rápidamente? No se había sentido tan afectado por una mujer desde que era un chaval.

—Me alegra haber ayudado. Al parecer, había un problema con la gasolina. Mi mecánico debería tener el coche listo para usted mañana, en caso de que lo necesite.

—Gracias —Leighton se volvió hacia su hija y apoyó una mano en su brazo—. Ivy, es casi la hora de cenar. Deberíamos ir a cambiarnos.

La sonrisa de Leighton era más bien una muestra de dientes y estaba dirigida a Owen, quien miraba a Ivy como un perro faldero. Pero Leo conocía a su amigo. Owen era más peligroso de lo que parecía. No era un joven pretendiente embelesado por su dama. Tanto él como Leo podían tener tendencias depredadoras cuando había bellas damas de por medio. Una sonrisa de una mujer dispuesta y cualquiera de ellos la seduciría hasta quitarle el vestido. Pero no Ivy; Owen no podía tenerla. Leo no lo permitiría, y menos bajo su techo. Menos mal que Leighton era protector con su hija.

Leo y Owen observaron al periodista y a su cautivadora hija subir las escaleras. Cuando ellos estuvieron fuera de su vista, Owen soltó una risita. El sonido estaba crispando los nervios de Leo.

—Creo que voy a disfrutar de esta fiesta —su amigo sonrió satisfecho—. Puedes divertirte con Mildred. Yo planeo *disfrutar* de la señorita Leighton —se marchó, dejando a Leo boquiabierto y furioso. Owen se acostaría con la chica antes del final de la fiesta y se iría con la siguiente mujer que llamara su atención, dejando arruinada a la pobre Ivy. Ella merecía algo mejor que eso. Merecía un hombre que la respetara. Por supuesto que Ivy merecía salvajismo en la cama, pero fuera de eso, respeto absoluto. No era como otras mujeres que él conocía. A él no le habría importado demasiado si su amigo se hubiera dedicado a seducirlas. Ivy... era diferente.

Y él no parecía poder alejarse de ella.

La cena en Hampton fue un placer inesperado para Ivy. Como hija de una dama de compañía, siempre había cenado en el salón de abajo con los demás sirvientes. Esta noche, sin embargo, era una invitada, ataviada con un vestido azul y una enagua de gasa amarilla visible bajo los pliegues divisorios de la parte delantera del vestido. Las mangas estaban hechas de una fina malla y le caían hasta los codos al estilo de un kimono que ella adoraba. El vestido se ceñía a sus curvas y se acampanaba a la altura de sus tobillos en una cola, creando una preciosa forma de S que era todo un furor en Londres.

Llevaba el cabello recogido hacia atrás en un conjunto de ondas sueltas alrededor de la cara y enrollado suavemente en la parte superior de la cabeza. Colocada justo encima de su coronilla, había una brillante banda de estrellas, una pieza de joyería que su padre había comprado en un viaje a la India hacía unos meses. En la oscuridad de su cabello, ella sabía que las estrellas brillaban y resplandecían como el cielo nocturno.

Cuando bajó a la velada, Leo entreabrió los labios y sus ojos se abrieron de par en par.

Tenía que admitir que esta noche se sentía muy atractiva, pero ¿lo era lo suficiente? La falta de confianza en sí misma no era habitual en ella. Su padre la había educado para valorar su mente, su inteligencia, su corazón compasivo y su belleza, pero solo hasta el punto de no centrarse en ella más allá de lo razonable. Sonrió, recordando lo que él decía a menudo: *"Una mujer es mucho más que su figura y su rostro. Un hombre solo puede amar un cuerpo hasta cierto punto. Es la mente y el corazón de una mujer lo que hace que se arrodille y te ame."*

¿Ivy quería que Leo la amara? Si era sincera consigo misma, una pequeña parte de ella lo deseaba desesperadamente, pero el resto se oponía rotundamente. Tenía planes para su vida que no incluían el matrimonio y mucho menos el amor por un hombre que no creía en sus sueños. Sin embargo, ver sus ojos clavados en ella mientras bajaba a la cena había llenado su corazón de una estúpida esperanza.

Estaba sentada en el centro de la larga mesa de caoba en el comedor. La luz brillaba en la pulida vajilla y las llamas de las numerosas velas resplandecían y bailaban. A ambos lados de ella estaban sentados Owen y Leo. Frente a ella estaba la infame Mildred Pepperwirth con sus padres, Lord y Lady Pepperwirth. Leo debió haber insistido en que los Pepperwirth asistieran a la fiesta, porque Ivy habría apostado sus pendientes de diamantes más caros a que la viuda no habría querido que Mildred estuviera cerca de Leo mientras se desarrollaba su plan para avivar su espíritu.

Cuando los platos empezaron a aparecer en la mesa, Ivy escuchó las conversaciones a su alrededor. Seleccionó un poco de patatas con caviar y crème fraîche de un plato que le ofrecieron. Los Pevenly y los Atherton, ambas parejas unos años mayores que Leo, eran encantadores y divertidos. Compartieron historias de noches divertidas con Leo en Londres que lo hicieron sonrojarse y moverse en su asiento. Al parecer, si el señor Pevenly podía resultar fiable, Leo era sordo y se había visto obligado a cantar en una reciente reunión social.

—No soy un pájaro cantor —murmuró Leo con pesimismo mientras todos se reían.

—Efectivamente, parece que no lo es. Yo tampoco —admitió Ivy—. Yo toco mucho mejor de lo que canto, pero aun así solo soy pasable. Una pena, ¿verdad? No tengo tantos logros como otras damas, supongo —ahora ella le estaba tomando el pelo, y sabía que él era consciente de ello porque las finas líneas de sus ojos se arrugaron mientras intentaba ocultar una sonrisa.

—Los logros están sobrevalorados. Prefiero una conversadora decente, incluso una sufragista, a una mujer que solo sabe cantar o tocar. Santo cielo, ¿se lo imagina?

Ambos soltaron una carcajada silenciosa apenas contenida ante la idea de que él estuviera casado con una mujer que solo cantara y tocara. Sería terriblemente aburrido vivir con alguien con quien uno no pudiera conversar. Ella sabía que no sobreviviría a una pareja así. Su marido, si ella alguna vez cambiaba de opinión sobre el matrimonio, debía ser capaz de hablar con ella de muchas cosas y, lo que era más importante, *escucharla*.

Con el frío del exterior, la cocinera se había superado a sí misma con una maravillosa sopa cremosa de calabacín y nuez blanca. Pilló a Leo mirándola mientras probaba la sopa.

—¿Le gusta? —susurró él.

—Mmm, sí —ella no pudo evitar el pequeño ruido de placer que escapó de sus labios. La señora Beedle había cocinado a menudo esta receta en particular cuando Ivy era una niña. Quería saber desesperadamente si la cocinera seguía trabajando aquí. No se le había ocurrido preguntarle antes a Gordon. La perturbadora idea de que Leo se casara con Mildred Pepperwirth había borrado por completo cualquier otro pensamiento.

—La señora Beedle ha estado haciendo este plato desde que yo era un muchacho. Es perfecto para el clima, ¿no le parece? Justo lo necesario para calentar el... cuerpo —sus palabras susurradas la hicieron estremecerse un poco. No pudo evitar recordar el abrazo pecaminoso en el jardín, cómo el cuerpo de Leo había calentado el suyo. La sopa de calabacín y nuez blanca la calentó, pero no tan eficazmente como los labios de Leo sobre los suyos, y ella tuvo la extraña idea de que él pretendía recordarle su beso compartido. Abrió la boca para hablar, pero un lacayo apareció entre ellos, sirviendo pato confitado cubierto de ajo, tomillo y hojas de laurel. Ivy aprovechó la oportunidad para centrarse en el pato y evitar la tentación de que Leo se centrara en ella.

La señora Atherton y la señora Pevenly eran divertidas y ocurrentes, compartiendo reflexivas discusiones sobre noticias sociales, mientras sus maridos abordaban la política del momento. El padre de Ivy estaba perdido en una conversación privada con la anfitriona y, por desgracia, Ivy era demasiado consciente de que ella y Mildred no se habían dirigido la palabra desde que las habían presentado formalmente.

Ivy lanzó miradas a Mildred. Su cabello era de un intenso color castaño y lo llevaba recogido en una delicada caída de nudos y ondas. En la coronilla llevaba una diadema de diamantes que cargaba con toda la suntuosidad y dignidad que uno podía esperar de la hija de un vizconde. Sin embargo, a pesar de su aspecto naturalmente encantador, ya que incluso Ivy tenía que admitir que era hermosa, había una fría distancia en sus rasgos, como si la idea de descender de las nubes del Olimpo para interactuar con los mortales fuera imposible. No solo imposible, sino también desagradable.

Era el tipo de actitud que Ivy nunca había cultivado. No estaba segura de si se debía a que su madre había estado en el servicio o a que su padre era gitano y extranjero, ella no estaba segura. La idea de sentirse por encima de los demás era sencillamente imposible. El silencio en su parte de la mesa empezaba a llamar la atención. Las dos mujeres estaban demasiado concentradas en consumir la carne Wellington y las chirivías asadas.

La comida era suntuosa y parecía interminable. Ivy se llevó una mano al estómago, demasiado consciente de que aún no habían servido el postre. Su padre dirigía la casa de manera muy estricta, no porque quisiera negarles a ambos una buena cena, sino simplemente porque no creía en la vida excesos. La ropa fina era una obligación, pero el despilfarro de comida era inaudito. Como Romaní, lo habían educado para respetar lo que tenía y no permitirse nunca más de lo necesario. Ella respetaba aún más a su padre por aferrarse a los valores de la vida que él había dejado atrás.

Cuando la había visto por primera vez, el día que la había recogido en Hampton House, la había tratado como a una dama, no como a una niña, y le había dicho la verdad. Él nunca había sabido sobre su existencia. Tras una aventura secreta y salvajemente apasionada con su madre, él se dio cuenta de que tenía que abrirse camino en el mundo de los payos para poder tener una esposa. Cuando había hecho su fortuna, acababa de enterarse de la muerte de la madre de Ivy, pero no supo nada de la niña hasta un mes después, cuando la madre de Leo le envió una carta. Ivy se sacudió los oscuros recuerdos de una época que aún le causaba dolor a su corazón e intentó centrarse en la conversación con Mildred.

—He oído que ha estudiado en París, señorita Pepperwirth. Debió haber sido una experiencia muy agradable —dijo mientras le daba un mordisco a una trufa de chocolate negro.

Mildred le dedicó una mirada mordaz.

—Por supuesto —el más mínimo atisbo de una sonrisa cruel apareció—. ¿Usted no ha sido educada allí?

Ivy rezó para que el calor de sus mejillas no se convirtiera en rubor-

—No, recibí educación privada en Londres.

—Oh, eso es una lástima. Todo el mundo puede beneficiarse de una educación adecuada —la forma en que Mildred enfatizó *todo el mundo* resultó demasiado condescendiente para que Ivy la soportara. Ella había heredado algo más que la apariencia de su padre. Tenía su ágil temperamento y no soportaba a los tontos.

—Estoy de acuerdo. Todo el mundo debería tener semejantes oportunidades. He pasado los últimos tres años asistiendo a clases en la Universidad de Oxford y me he presentado a varios exámenes. Espero poder obtener pronto un título.

La conversación en la mesa murió e Ivy se maldijo interiormente por haber hecho un comentario tan tonto.

Una risita suave y ahogada a su izquierda reveló al señor Hadley riendo en su copa de vino.

La condesa viuda llegó a su rescate.

—La señorita Leighton es toda una alumna estrella, o eso he escuchado. Siempre me emociona oír hablar de sus progresos académicos —y así sin más, los invitados se vieron obligados a murmurar su aprobación por miedo a provocar su disgusto. Era de esperar que nadie discutiera sobre un tema que su anfitriona estaba ansiosamente dispuesta a defender. Leo se inclinó hacia ella y su aliento agitó los finos cabellos cerca de su oreja mientras hablaba.

—Usted es realmente el centro de los problemas, señorita Leighton. Tendré que cenar más a menudo con una sufragista educada como usted.

Ella se estremeció cuando la mano de Leo recorrió accidentalmente, o eso le pareció, la longitud de su muslo derecho.

Se inclinó ligeramente hacia él para que pudiera susurrarle una respuesta.

—¿Por qué se sometería a una cena tan problemática? ¿No sería mejor disfrutar de una fría y aburrida velada con una compañera como la señorita Pepperwirth? —ella no debería provocarlo, pero maldición, él le levantó el ánimo.

Leo retrocedió lo suficiente como para que ella

pudiera verle la cara con claridad mientras lo estudiaba por debajo de las pestañas.

—¿Está *celosa*, señorita Leighton? No somos más que nuevos conocidos —había un atisbo de perspicacia en su mirada. Desde luego, a ella no le gustaba la idea de que su encantador príncipe de la infancia se estableciera con alguien como Mildred, pero no era porque estuviera celosa—. ¡Usted lo está! —acusó juguetonamente—. Hay una pizca de esmeralda en sus encantadores ojos marrones.

Ella enfureció.

—No estoy celosa, solo confundida de que usted pase tan rápidamente de la aversión al interés en lo que a mí respecta. Seguramente estará de acuerdo en que un cambio tan brusco en su comportamiento es un poco inquietante. Además... —siseó, echando un rápido vistazo a su alrededor para ver si la estaban observando —, creo que hemos pasado de ser nuevos conocidos; de lo contrario, me preguntaría si usted anda besando a todas las mujeres que acaba de conocer.

Él se atrevió a sonreír, y ella estaba indecisa entre abofetearlo o... besarlo.

—¿Aversión? Jamás. Simplemente no estoy acostumbrado a discusiones tan sinceras por parte de las damas, especialmente en asuntos de naturaleza política —él se deslizó más cerca, solo una amenaza de invasión a su espacio personal. La piel de Ivy se calentó y su respiración se aceleró—. Y en cuanto a los besos... usted, querida, está hecha para besar. Yo simplemente no me pude resistir a la tentación.

¿Hecha para besar? No sabía si estaba furiosa con él o encantada con la idea. Él también estaba hecho para el pecado, eso estaba claro. Solo el atisbo de más encuentros secretos en los que sus labios y sus manos pudieran explorarse de nuevo le aceleraba el corazón. Pero Ivy no podía dejar que él le hiciera eso otra vez. Tenía que mantener el rumbo y no dejar que Leo la distrajera de sus objetivos. Dejar que la sedujera no era algo que una joven fuerte e inteligente haría. Sus amigas de la Unión Social y Política de Mujeres se mortificarían al saber que había dejado que su cuerpo sucumbiera a la influencia sensual de un hombre.

—Ejem —el señor Hadley interrumpió desde el asiento del otro lado. Ambos lo miraron—. Estáis llamando la atención —tarareó en un murmullo bajo antes de sonreírle a otro invitado y dar un mordisco a la trufa de chocolate—. Será mejor que habléis con otra persona o la señorita Pepperwirth os castigará severamente —el señor Hadley hizo un leve gesto de asentimiento en dirección a Mildred. Su ceño estaba lo bastante fruncido como para matar a un lobo.

Ivy volvió rápidamente su atención hacia el señor

Hadley y le permitió que la distrajera de sus pensamientos sobre Leo, hasta que sintió su contacto por debajo de la mesa. La punta de un dedo le recorrió la mano, con el susurro de su piel sobre sus guantes negros. El calor de la palma de Leo quemaba deliciosamente a través de la seda, y sus ojos se cerraron por un momento mientras él la arrullaba más profundamente hacia su sutil encanto.

—¿Señorita Leighton? —interrumpió la voz profunda del señor Hadley y los ojos de Ivy se abrieron de golpe. Los demás comensales se estaban levantando y marchando.

—Disculpe, ¿qué estaba diciendo? —preguntó ella. El contacto de la mano de Leo desapareció y ella sintió su risa en lugar de escucharla.

—¿Le importaría bailar?

Ivy parpadeó sorprendida. Los lacayos estaban levantando la mesa. Las voces de los demás invitados resonaban por el pasillo mientras se dirigían al salón de baile. Solo ella, Leo y el señor Hadley permanecían en sus asientos.

—Ella bailará conmigo —anunció Leo. Su tono cortante la hizo mirarlo por encima del hombro.

¿Ah, sí? Ivy resopló y se volvió hacia el señor Hadley.

—En realidad, no voy a bailar con usted, milord, al

menos no el primer baile, ya que no me lo ha pedido oficialmente —ella inclinó su cuerpo lejos de Leo y hacia Owen—. Estaría encantada de bailar con usted, señor Hadley.

Ella colocó su mano sobre la de él mientras se levantaban y se dirigían hacia el salón de baile. No tuvo que mirar atrás para saber que Leo estaba furioso. Un beso no le daba ningún derecho sobre ella, por mucho que Ivy hubiera deseado lo contrario.

Capítulo Siete

Maldiciendo en voz baja, Leo se quedó mirando la espalda de Ivy mientras se marchaba. ¿Qué demonios le pasaba a él? Se estaba perdiendo en la persecución de esta misteriosa dama, y sus planes mejor elaborados se estaban desbaratando rápidamente. Mildred había estado toda la tarde mirándolo. Si tan solo ella supiera la mitad de lo que ocurría. ¿Qué lo había poseído para acariciar la mano de Ivy? Eso era poco caballeroso, indecoroso, pero... se había sentido obligado a extender la mano y alcanzarla. Como un fantasma a la deriva en la niebla, ella estaba fuera de su alcance, y él estaba desesperado por encontrar una forma de conectar con ella.

La hija de un periodista, con ojos brillantes, cabello

negro y labios hechos para el placer de un hombre. Ella iba a ser su muerte.

Tal vez... si se acostaba con ella, si se la quitaba de la cabeza, sus emociones se calmarían y podría reanudar sus planes con Mildred. Sacudió la cabeza. Qué idea tan *estúpida*. Ivy era una inocente y no se merecía esos pensamientos mercenarios de él utilizándola y descartándola. No era una mujer para ser tratada así, y se odió a sí mismo por haber albergado esa idea, aunque solo fuera un momento. Lo peor de todo era que eso lo hacía igual a su padre. Persiguiendo las faldas de una belleza extranjera e incapaz de controlar su lujuria. Maldita sea, ¿si se la llevaba a la cama y la sociedad se enteraba? Eso lastimaría a Hampton y a todos los que vivían aquí, y perderían toda esperanza de mantener la finca unida.

Yo no soy mi padre. Eso se estaba convirtiendo rápidamente en un mantra que repetía a diario con la esperanza de que fuera cierto. No podía dejar que su cuerpo dictara sus deseos o acabaría en un escándalo que lo destruiría a él y a su familia. Antes de la desastrosa infidelidad y muerte de su padre, Leo nunca se había preocupado demasiado por las consecuencias de atraer a una mujer a su cama. Sin embargo, ahora solo podía pensar en preocupaciones e inquietudes. Lo más aterrador era que no quería simplemente seducir a Ivy; quería gustarle como hombre y como compañero.

Me estoy volviendo malditamente blando...

—¿Está todo bien, milord? —preguntó Gordon, saliendo de las sombras. Él veía mucho, pero de nuevo, todos los mayordomos lo hacían. Su madre llamaba a un buen mayordomo "la sombra de uno con una segunda alma". Leo nunca estuvo más agradecido de haber confiado su vida a Gordon, sobre todo la social, que posiblemente era más importante.

—Sí, lo siento, Gordon. Solo estaba perdido en mis pensamientos... ¿Puedo preguntarte algo? Me gustaría saber tu opinión sincera —abandonó su asiento y se acercó al hombre mayor, observando cómo el mayordomo daba instrucciones al lacayo que limpiaba la mesa para que los dejara solos. Cuando solo estuvieron ellos dos, Gordon esperó a que Leo hablara.

Estudió su copa de vino, trazando con los dedos los delicados grabados del cristal antes de hablar.

—Si te enfrentaras a dos opciones, una de las cuales supieras que es sensata y lógica. ¿La elegirías, o escogerías la opción que podría ser tan temporal como un relámpago brillando en la noche y que seguramente causaría escándalo?

Gordon consideró la pregunta.

—Supongo que dependería del relámpago. Si este te cambia, te convierte en algo nuevo, algo mejor, entonces puede que merezca la pena correr el riesgo. Nunca se gana nada tomando decisiones seguras.

—Tampoco se pierde nunca nada —replicó Leo en voz baja.

Gordon se limitó a sonreír con complicidad.

—No se puede perder lo que no se tiene —luego el mayordomo asintió con la cabeza, hizo una pequeña reverencia y se perdió sigilosamente entre las sombras.

Leo empujó su silla de regreso a la mesa, suspiró y comenzó a caminar hacia el salón de baile. ¿Quería arriesgar su futuro para explorar un devaneo con Ivy? ¿Ella siquiera estaría de acuerdo? Si era como las demás mujeres que él conocía, ella esperaría un matrimonio Pero, de nuevo... era una mujer independiente, una sufragista. Tal vez ella vería un amorío como liberador y no esperaría una propuesta. Si Leo podía mantenerlo en secreto, nadie creería que estaba siguiendo los pasos de su padre. Ivy no se parecía en nada a la mujer con la que su padre había tenido una aventura, pero la gente haría la comparación de todos modos. La idea hizo que el estómago se le revolviera, pero tampoco le gustaba la otra idea de no ir tras Ivy. Había algo en ella que lo atraía de una forma instintiva que aún no comprendía del todo.

Todos los pensamientos de negarse a sí mismo a Ivy fueron ahogados por los celos que lo inundaron cuando la vio bailando el vals con Owen. Ellos se movían sin esfuerzo por la pista, y el cuerpo entro de Leo se puso rígido. Ella se estaba riendo de algo que Owen había dicho, y una neblina roja descendió sobre la visión de Leo. Necesitó todo su control para no cruzar el salón de baile y arrebatársela. En lugar de eso, esbozó una sonrisa y se unió a su madre y al señor Leighton, quienes estaban pie junto a la orquesta de seis personas que su madre había contratado para el fin de semana. Un pianista se inclinaba sobre el piano, con los dedos volando sobre las teclas, mientras sus compañeros tocaban un hermoso acompañamiento con los violines y los violonchelos. Los Atherton y los Pevenly estaban bailando, al igual que los Pepperwirth. Solo Mildred evitaba la alegría de la velada. Estaba sentada cerca de la ventana mirando a Owen e Ivy, con los labios fruncidos en señal de desaprobación.

—¿Por qué no ves si a la señorita Pepperwirth le apetecería bailar? —el señor Leighton señaló con la cabeza a la dama que fruncía el ceño. Un atisbo de sonrisa se dibujó en el rostro de su madre antes de que se apresurara a disimularlo. Ella estaba jugando bien el juego, y a Leo no le gustaba.

Sin embargo, él hizo lo que le sugirieron y se acercó a Mildred.

Ella enarcó una ceja oscura, presionando los labios.

—¿Sí?

—Pensé que te gustaría bailar —le tendió la mano. Ella posó su vista en la palma de su mano y curvó los labios en una mueca. Incluso cuando estaba furiosa, seguía siendo encantadora. Era una lástima que no sintiera nada romántico por ella; le habría resultado mucho más fácil la idea de proponerle matrimonio.

—Bailar tan juntos es indecoroso. No lo haré. Uno no debería deleitarse así.

La réplica que llegó de inmediato a los labios de Leo murió al coger aire y enfriar su temperamento.

—Mildred, bailar no tiene nada de malo. Tus padres están bailando —hizo un gesto hacia el vizconde, quien se movía tranquilamente por la pista con su vizcondesa.

—No me interesa —sin embargo, incluso mientras ella lo decía, él creyó vislumbrar una fractura en su comportamiento despectivo, una visión momentánea de una mujer que anhelaba bailar y amar, una mujer cuyo corazón estaba protegido por una fortaleza de hielo. Leo se preguntó si él alguna vez rompería ese hielo, o si tal vez otro hombre estaba destinado a semejante tarea. Se obligó a ignorar ese pensamiento. Se casaría con Mildred e intentaría cortejarla lo mejor que pudiera para que su matrimonio fuera uno decente. Nunca tendría la pasión ardiente que deseaba en un matrimonio, pero sería estable y eso era lo más importante. Proteger a Hampton era su deber. No podía correr a través del campo tras una salvaje belleza de pelo negro sin importar lo mucho que su corazón lo deseara.

Leo cogió una silla y se sentó a su lado. Ella pareció un poco sorprendida por su decisión de quedarse a su lado. No era por deseo, sino por obligación.

—¿Quién es esa mujer? Nunca antes había oído hablar de ella —Mildred observó a Ivy con tal intensidad que Leo se sorprendió de que Ivy no sintiera el calor de su mirada y se volviera hacia ellos.

—Yo tampoco la conozco bien. Ella y mi madre son buenas amigas —observó a Ivy como un moribundo observaría las puertas del cielo mientras se abrían antes de permitirle la entrada. El balanceo de sus caderas, el brillo de la diadema adornada con estrellas de diamantes en la coronilla de su cabello negro, lo atrajeron sin remedio. Deseaba tocarla, enredar los dedos en su cabello. Su risa como de campana despertó emociones enterradas durante mucho tiempo. Hacía años que Leo no tenía la oportunidad de reír así, y lo echaba de menos.

—Con su colorida y dudosa procedencia y una madre inglesa que nadie conoce, me extraña bastante la invitación de tu madre para ella y su padre. Él es uno de esos *nuevos ricos* en el mejor de los casos. Un criado jugando a ser un lord. Oculta bien su acento, pero desde luego es un impostor.

Leo cerró los puños y se removió en su silla.

—Ser extranjero no lo convierte en un impostor. Él no pretende ser nadie más que él mismo. Es un hombre que se hizo de abajo. A los caballeros como él no les gusta hablar de su historia personal para evitar juicios como el que tú acabas de emitir. Discúlpame —se levantó y se alejó antes de ceder a la tentación de decir algo que arruinara su relación con la fría arpía con la que se había convencido de que necesitaba casarse. Estuvo a punto de perderse la expresión de resignación y pesar que apareció en su rostro antes de que ella la disimulara cuidadosamente.

Cuando la orquesta terminó el vals y se preparó para tocar otro, Leo se interpuso cortésmente entre Owen e Ivy.

—¿Puedo? —extendió la mano, apartando a Owen con el codo. El otro hombre resopló, pero poco pudo hacer para detener a Leo. La mirada sorprendida de Ivy se desplazó rápidamente entre los dos, y luego, con un brillo rojo en las mejillas, cogió la mano de Leo. Él apenas fue consciente de la partida de su amigo. Lo único que le importaba era la palma de su mano en contacto con la de Ivy y el calor que le llenaba el pecho.

El pianista y los músicos de cuerda volvieron a tocar y Leo deslizó el brazo alrededor de la esbelta cintura de Ivy. La tela de su vestido era suave y cálida bajo sus dedos, de la manera en que él sabía que se sentiría su piel desnuda. Le cogió la mano y la acercó a él. Siempre le había gustado bailar, pero nunca lo había apreciado hasta ahora. Le dio la oportunidad de respirar el dulce aroma a flores y naranjas de la mujer entre sus brazos.

Las luces del candelabro se reflejaban como estrellas en los ojos canela de Ivy. Sus profundidades eran infinitas, y Leo se perdió en el vasto juego de emociones que destellaban en ellos. *Miedo, deseo, nostalgia.* Parecía tan sorprendida como él por la innegable atracción que los unía. Sujetó con más fuerza la cintura de Ivy y ambos entraron en un compás perfecto. El ritmo del baile lo hechizó y fue consciente de la curiosa sensación de que Ivy era algo más que una compañera de vals. La forma en que ella respondía a su suave insistencia, obedeciéndolo, pero no ciegamente. Él no estaba totalmente al mando, como solía hacer cuando bailaba, sino que era como si formara parte de un equipo con ella. Sospechaba que, si invertían los papeles del baile, ella podría guiarlo igual de bien.

Iguales. La palabra flotó desde las profundidades de la mente de Leo, dibujando una irresistible sonrisa en sus labios. Ella era una sufragista y creía en la igualdad. ¿Era una verdadera sorpresa que incluso las creencias subconscientes de Ivy se trasladaran a su baile? No. Lo que era sorprendente era que a él no le importaba. Las mujeres no deberían votar, pero... una compañera asertiva pero confiada en sus brazos era ciertamente agradable.

—Ahora parece que tú eres el que se divierte a mi costa —bromeó Ivy, con un destello de luz en sus ojos castaños miel, mientras lo dejaba pasmado con una deliciosa sonrisa.

—Solo estaba pensando —hizo una pausa mientras seguían girando lentamente por la habitación—. Podrías guiarme, ¿verdad?

—¿Está sugiriendo que estoy luchando contigo para dirigir el baile? —su ceño se frunció.

—Al contrario, me estás siguiendo perfectamente, pero no percibo ningún titubeo en tus pasos. Solo confianza. Lo apruebo —Leo inclinó la cabeza, y la pequeña acción acercó su rostro al de ella.

A excepción de Ivy, él estaba perdiendo la noción de los demás. Solo estaba ella y la forma en la que se sentía en sus brazos. Un hombre podía renunciar fácilmente al mundo cuando se le ofrecía una oportunidad como ésta. Por primera vez en muchos años, Leo tenía ganas de reír, de sonreír, de vivir como solía hacerlo. Atrajo a Ivy contra sí, disfrutando el pequeño grito ahogado y el destello de fuego en sus ojos.

—¡Leo! —siseó ella en voz baja. Amaba la forma en que ella pronunciaba su nombre, incluso con exasperación, como si fueran íntimos, como si lo conociera desde hacía años. Hizo que su cuerpo se tensara y su sangre palpitara con fuerza en sus oídos.

—¿Vendrás mañana a la caza?

Ella inclinó levemente la cabeza, con un rubor que le recorría la nariz y la curva de sus finos y delicados pómulos.

—Bien —Leo maniobró con facilidad y sus cuerpos fluyeron en la maravilloso corriente de los pasos del vals. Por un instante, estaba volando, e Ivy estaba con él. Sin cargas, sin responsabilidades, solo bailando con una joven encantadora que era todo lo que él quería y no podía tener.

—Supongo que no debería admitir esto —su confesión fue jadeante—. Pero me gusta mucho cómo bailas. El señor Hadley era... bueno, no me gustó que sus manos intentaran desviarse de su sitio —se rio suavemente. No era la primera vez que un caballero intentaba ver hasta dónde podía llegar sin que lo pillaran.

Los ojos de Leo se entrecerraron mientras ellos seguían girando sin esfuerzo.

—Ten cuidado con él. Le quiero como a un hermano, pero si cree que tiene una oportunidad contigo, te perseguirá hasta que estés demasiado cansada para huir.

—¿Como un zorro perseguido por sabuesos? —preguntó Ivy, estremeciéndose ante la imagen.

—Eh... sí, algo así —Leo deseaba que Owen no estuviera tan malditamente desesperado. Él podría hacer alguna tontería, y lo último que Leo quería era que esa tontería fuera dirigida a la mujer que *él* pretendía seducir.

Tres horas después, seguía sonriendo como un tonto mientras se acomodaba en un sillón brocado frente a la chimenea de la galería de arte. La felicidad momentánea de pensar en Ivy se esfumó cuando se dio cuenta de que prefería tenerla entre sus brazos. Recuerdos hechos para compañeros de cama más fríos. Los demás invitados se habían retirado a descansar, pero Leo era incapaz de dormir. Una inquietud había despertado en él, como el espíritu de un dragón liberándose lentamente de sus estrechos confines. Abrazó el sentimiento de melancolía que lo acompañaba por estar solo.

La luz de la luna se colaba por los altos cristales de las ventanas, las cuales se extendían por la galería detrás de él. Frente a las ventanas había una pared de rostros. La ilustre estirpe de los Hampton; tres siglos de historia. Incluso su padre, un hombre que realmente disgustaba a la mayoría de los que lo conocían, ocupaba un lugar al final de la sala.

Algún día, Leo sería inmortalizado en un lienzo y encerrado en un marco dorado. Sus hijos correrían por la galería, con sus juguetes en las manos, mientras se perseguían y jugaban, y los suelos con paneles de roble resonarían con sus ligeros pisadas. Se llevó la copa de brandy a los labios y bebió un sorbo, imaginando a sus hijos. Morenos y ojos color miel como su madre. Una triste sonrisa torció sus labios al darse cuenta de que se había imaginado a Ivy y no a Mildred. Serían unos niños preciosos si fueran de Ivy. Pero ¿se enfrentarían al ridículo y a puertas cerradas por sus aspectos exóticos?

Una puerta se abrió y una figura apareció al final de la galería. La figura vestida con un vestido de gasa azul y amarilla salió de las sombras y la luz de la luna reveló que era Ivy, la mujer en la que él había estado pensando. Ella no lo vio al entrar. La diadema de joyas brillaba y parpadeaba, como polvo de estrellas besando su cabello mientras caminaba en dirección a él. Se frotó sus brazos desnudos para entrar en calor. El susurro de la cola de su vestido sobre la madera agudizó sus sentidos. Leo quería volver a besarla, *necesitaba* volver a besarla. *No soy mi padre. Un beso más no me condenaría, ¿verdad?*

Cuando ella estuvo lo suficientemente cerca para que él pudiera hablar en voz baja y ser escuchado, él se puso de pie.

—Señorita Leighton... —empezó.

Ella dio un respingo y se llevó una mano a la boca para ahogar un grito. Él se apresuró a acercarse, dejando el brandy sobre una mesilla antes de cogerla por los hombros.

—Lo siento, no quería asustarte.

—¿Qué esperabas cuando saliste así de la oscuridad? —jadeó ella, con los ojos muy abiertos—. Pensé que estaba sola. Debiste haber anunciado tu presencia.

—Tienes razón —intentó parecer disgustado, pero estaba demasiado contento de estar con ella.

Ivy soltó una risita, el sonido ligero y dulce.

—Creo que lo has hecho a propósito —reprochó. Un brillo fugaz calentó los ojos de Ivy y un rayo de calor recorrió el cuerpo de Leo, abrasándole las entrañas de deseo.

—Admito que al principio no hablé porque estaba absorto admirándote, pero de verdad no quería asustarte —era la verdad; su belleza lo había dejado sin habla.

Ella arrugó la nariz y luego sonrió.

—Muy bien, acepto tu palabra. ¿Qué haces aquí tan tarde?

Él arqueó una ceja.

—Podría hacerte la misma pregunta.

Sus labios se entreabrieron, pero lo que fuera que ella iba a decir, se lo tragó y se encogió de hombros.

—Estaba demasiado inquieta para prepararme para ir a la cama. Durante la cena, tu madre mencionó la galería, y decidí venir a verla yo misma.

—En otras palabras, esperabas que una visita a mis antepasados te hiciera dormir —era muy fácil burlarse de ella.

Ivy se mofó con fingida indignación.

—¡Nunca dije eso! —ladeó la barbilla y le lanzó una mirada traviesa que lo golpeó en el estómago. Había algo allí, en los bordes de la memoria de Leo, tan tenue, como el primer aliento al despertar. ¿Qué tenía Ivy que lo atrapaba? Los colores parecían más profundos, los sonidos más claros, su corazón latía como el de un conejo salvaje, y vivía momento a momento solo para estar cerca de ella. Un impulso salvaje de atraparla, de mantenerla cerca, llenaba su ser. Él sabía que ella era la respuesta, pero no sabía cuál era la pregunta. Leo buscaba recuerdos que no podía ubicar, tan distantes y antiguos que estaban fuera de su alcance, como si persiguiera fantasmas de su juventud.

Ivy dio un paso atrás, sus ojos abandonaron el rostro de Leo mientras estudiaba el fuego, y se estremeció.

—¿Quién eres, Ivy? —susurró él, cogiéndole la barbilla y girándole la cara hacia la suya.

—Si no lo sabes, no puedo decírtelo —respondió ella, y luego, con una risita, añadió: —*Našti garaves muca ande gono, lake vundžja ka-sitjaren-pe.*

—¿Qué significa eso? —preguntó él. Las palabras habían sido en otro idioma, suaves y rítmicas. El efecto en él fue hipnótico. Podría haberla escuchado hablar así hasta altas horas de la noche.

—En romaní significa 'la verdad se revelará eventualmente'. Mi padre es romaní. Yo soy mitad romaní —su respuesta susurrada sonó como una confesión.

—¿Tu madre? —preguntó, presa de la curiosidad. Leo había supuesto que ella posiblemente era italiana, pero ¿gitana? Desde luego que no. Sin embargo, eso explicaba su singular y hermoso color de piel.

—Inglesa. ¿Le sorprende, milord? ¿Tener a dos gitanos bajo su techo? —su tono se volvió frío—. ¿Harás que Gordon cuente la plata y la guarde bajo llave ahora que sabes lo que somos?

Una punzada de irritación le pinchó la piel. Le importaba un carajo que ella fuera mitad romaní. Su padre era rico y había educado a Ivy en sociedad para ser una mujer inteligente y feroz. No había nada malo en ello. Tal vez Leo era tradicionalista en muchos asuntos, pero nunca en lo que se refería a los hombres que se buscaban la vida. En todo caso, deseaba elogiar al señor Leighton por su éxito. Pero lo último en lo que quería pensar en ese momento era en su padre. Lo único que deseaba era cogerla entre sus brazos y besarla, como lo había estado deseando desde el momento en que ella había bajado las escaleras para la cena y él había quedado cautivado por su radiante sonrisa y sus ojos color café miel.

—Lo que tú eres... es mi invitada —respondió él.

Ivy entreabrió los labios con toda la intención de protestar con su lengua mordaz, pero él no le dio ninguna oportunidad. Leo le sujetó la nuca con una mano e inclinó su boca sobre la de ella en un beso posesivo, destinado a silenciarla.

Que ella discuta con esto.

La oleada de triunfo fue rápidamente consumida por su propio deseo de perderse en ella y en el persistente hechizo de sus labios. Después de su sobresalto inicial, Ivy cedió y le rodeó el cuello con los brazos. Leo la hizo retroceder hasta que la parte trasera de sus rodillas chocó contra una silla. Él se sentó y tiró de ella en posición cruzada sobre su regazo. Su vestido susurró al caer sobre las piernas de Leo. Ella se sentía bien, tan malditamente bien entre sus brazos. Él siguió explorando su boca, luego depositó pequeños besos en su mandíbula y bajó hasta donde su cuello se unía con el hombro.

Los elegantes y delgados dedos de Ivy se enredaron en su cabello, tirando ligeramente de los mechones mientras respondía a sus atenciones con delicioso desenfreno. El crujido y chasquido de los leños en el fuego eran los únicos ruidos, aparte de su respiración compartida. El calor de las llamas calentaba la espalda de Ivy y las manos de Leo mientras recorrían su columna vertebral. Todo acerca de abrazarla y besarla se sentía bien. Ninguna duda se interponía entre este beso perfecto.

Dios, por favor, que esto no acabe nunca. Él murmuró la oración silenciosa una y otra vez en su corazón.

* * *

—Leo —le jadeó al oído—. Me siento muy extraña —confesó antes de darle un beso en la barbilla.

Él no la soltó, sino que tiró de ella para acercarla más, deslizando una mano por su falda y recorriendo su pantorrilla cubierta de medias.

—¿Extraña? —le preguntó mientras hacía girar sus dedos entre las cintas que sujetaban su liguero.

El tacto de sus dedos quemaba la piel de Ivy y le producía hormigueos en lugares secretos.

—Mareada, con calor y frío por todas partes —mientras ella hablaba, un pequeño escalofrío la recorrió. Él le besó el cuello y luego el hombro y la clavícula, aumentando sus síntomas físicos.

—Entonces, algo estoy haciendo bien —le besó la boca y ella sonrió, encantada de nuevo al sentir cómo sus labios se fundían—. ¿Confías en mí?

—Yo... eh... —sí confiaba en él. Siempre lo había hecho. Dieciséis años de distancia no habían cambiado eso. Leo era un hombre al que ella seguiría a cualquier parte si él se lo pidiera.

—Déjame darte placer, ¿por favor? —con manos suaves pero decididas, Leo exploró su ropa interior. Cada pensamiento racional le gritaba a Ivy que le negara lo que él buscaba, pero cada deseo carnal y cada instinto la llevaban de vuelta a una respuesta jadeante.

—Sí.

—Gracias a Dios —la acercó y separó sus piernas con las manos. Ella le dio mejor acceso, pero se sacudió bruscamente cuando la tocó—. Tranquila, amor, tranquila — sus suaves palabras la tranquilizaron. Ella intentó asimilar la impactante sensación de sus dedos acariciando su delicada carne. Necesitó todo su control para no cerrar sus muslos ante la repentina oleada de humedad—. Mírame —él le ordenó.

Ivy se dio cuenta de que sus ojos se habían cerrado. Con un pequeño suspiro, ella se encontró su mirada. En los ojos de Leo ardían fuegos, y el calor abrasador de su propio deseo era una caricia casi tangible.

—¿Sabes lo hermosa que eres? —las puntas de sus narices se tocaron mientras él seguía acariciándola. Cuando su pulgar recorrió el grupo de nervios, ella se sobresaltó como si recibiera una descarga eléctrica—. Eres hermosa, Ivy, tan hermosa que duele.

Nunca le había importado causar efecto en un hombre. La belleza era a menudo una maldición porque los hombres solo veían su cara y les importaba muy poco lo que había en su mente, pero Leo era su verdadera debilidad. Si él pensaba que ella era hermosa, entonces lo era. Eso le provocó un efecto extraño en el corazón y la asustó mucho.

Los dedos de Leo entre sus piernas se volvieron más insistentes e Ivy se movió inquieta contra él. La sostuvo, moviéndose con ella cada vez que se sacudía y se retorcía como si estuvieran hechos del mismo cuerpo y la misma alma. Si ella se apartaba, él la seguía; si ella presionaba hacia él, él cedía, como un ser conectado.

Sus bocas volvieron a unirse, y ella hundió sus manos en su cabello, intentando atarse a él, de presionar contra él tanto como pudiera. Una opresión invadió su vientre y una oleada de miedo la siguió. Ivy no podía pensar, no podía respirar mientras su cuerpo emprendía un furioso vuelo hacia el cielo, pero sin abandonar el regazo de Leo.

—Déjame ver tus ojos.

El sonido salvaje la sacudió y la impulsó a respirar entrecortadamente hasta un punto que nunca había experimentado. Sus ojos se clavaron en los de Leo y se aferró a él mientras la tensión de su cuerpo estallaba en una cegadora oleada de placer. Ella se estaba muriendo. Seguramente no podía existir nada tan poderoso, tan maravilloso en la Tierra. El brillo cautivador de los ojos de Leo absorbió su alma, consumiéndola. La luz de la luna y la del fuego compartían espacio en su hechizante mirada. Él tenía los labios entreabiertos y su cálido aliento le acariciaba el rostro. El pasado no tenía ningún poder sobre lo que había entre ellos en ese momento. Él ya no era un muchacho, y ella ya no era la chica llamada Botón. La distancia del tiempo que una vez los separó ya no existía. Ellos eran simplemente amantes, explorando deseos carnales y perdidos en el éxtasis. ¿Cómo era posible sentir tanta intimidad con un hombre al que no había visto en muchos años?

—Dios mío, Ivy —susurró él, con sus dedos todavía moviéndose dentro de ella. Ivy respondió con un grito ahogado mientras pequeñas sacudidas de placer resonaban en su interior. Él apartó lentamente la mano y estrechó a Ivy contra sí, como si buscara protegerla—. Esa ha sido tu primera... ¿no? —no era una pregunta.

Asintió y se sintió aliviada de que estuviera demasiado oscuro para que él la viera sonrojarse.

—Me honra que la hayas compartido conmigo —su voz era áspera. La besó con fuerza, sumiendo su cuerpo en un estado de felicidad. Habría sido muy fácil quedarse en sus brazos, disfrutando de la intimidad, pero en el fondo de su corazón, ella sabía que no podía durar, sabía que esto era un gran error.

Nunca debí dejar que él me besara, que me tocara. No quería saber qué se sentía enamorarse de él, no cuando sabía que ella nunca podría formar parte de su vida. *Nuestros mundos son distintos.* Leo no podía renunciar a sus costumbres; los lazos de la tradición eran demasiado fuertes para que él los rompiera, y ella nunca podría casarse con un hombre así. Sus sueños de ser independiente y tener todos los derechos que correspondían a los hombres significaban que tenía un camino solitario por delante. Ella sabía que nunca podría ser feliz si no era libre y no tenía voz sobre su propia vida.

En algún lugar a lo lejos, sonó un reloj. Leo siguió abrazándola, pero Ivy se apartó de su pecho. Cuando la soltó, ella se puso en pie, alisándose el vestido con manos temblorosas.

—¿Te gustaría retirarte a mis aposentos? —sugirió él en voz baja.

A ella no le pasó desapercibida la nota esperanzadora de su tono. Comprendió la realidad de sus actos y se puso tensa.

—No podemos hacer esto, milord —todo estaba arruinado. Era una tonta. Compartir la cama de Leo era un sueño que no podía permitirse. Él aún pretendía casarse con la señorita Pepperwirth, y ella no podía dejar su apasionado trabajo como sufragista solo para abrazar un momento de apasionada locura. No importaba lo maravillosos que se sintieran sus brazos a su alrededor o su manera gloriosa de besar. Lo que importaba era que necesitaba centrarse en su futuro, que no incluía enamorarse de un hombre que nunca la entendería ni creería en su igualdad. Él podía haber sido su príncipe azul de niña, pero no podía ser su príncipe ahora. Una dama no necesitaba ser rescatada en la sociedad actual. Merecía más que las palabras románticas susurradas de un hombre. Merecía derechos de propiedad y voto, y hasta que encontrara a un hombre que creyera en eso tanto como ella, seguiría soltera, aunque eso significara renunciar al amor.

—Por favor, insisto en que me llames Leo —intentó alcanzarla y ella extendió una mano, rechazándolo. Si él la tocaba de nuevo, solo le recordaría el placer, y decir que no sería mucho más difícil.

—Esto ha sido un error.

—¿Error? —sus labios se fruncieron y sus cejas descendieron sobre sus ojos—. Yo no cometo errores, señorita Leighton. Hemos compartido algo que ambos disfrutamos mucho. No lo niegues.

Era un desafío, pero ella no lo aceptaría.

—Nunca debimos haberlo hecho, independiente-
mente del placer. Por favor, discúlpeme.

Ivy intentó deslizarse más allá de él, pero sus dedos se enroscaron alrededor de su brazo y la obligaron a detenerse.

—No he terminado contigo —amenazó, e intentó acercarla—. Tú y yo hablaremos. No permitiré que te vayas después de lo que has dicho.

Una punzada de furia la atravesó, y ella lo abofeteó. Con fuerza. Las manos de Leo cayeron y ella retrocedió.

—Nunca me amenace, milord, ni con palabras ni de ninguna otra forma.

Sus ojos se abrieron de par en par.

—Yo nunca haría... —sacudió la cabeza con rabia—. Haz los juicios que quieras sobre mí, pero yo nunca lastimo a las mujeres, ni las obligo. Quería que te expli-caras y no que simplemente te largaras, como clara-mente estás a punto de hacer.

Ivy enderezó sus hombros y levantó la barbilla.

—Yo no tengo que darle explicaciones ni a usted ni a nadie —giró sobre sus talones y se marchó antes de que él pudiera decir otra palabra. Si ella conseguía alejarse lo suficiente, tal vez él no escucharía el ruido de su corazón astillándose.

Capítulo Ocho

El alba apenas rozaba el horizonte sobre la vieja iglesia gótica de piedra cuando Ivy presionó con una mano enguantada la puerta de madera que daba al cementerio de la construcción. Crujió en el silencio matutino. En algún lugar a lo lejos, un tordo lanzó un grito de advertencia, pero Ivy sabía que estaba sola. Ella había salido de Hampton antes del amanecer para venir aquí sin ser vista. Ni siquiera su padre sabía que estaba aquí.

Levantándose la falda con una mano, recorrió un sendero a lo largo de las tumbas. La hierba susurraba bajo sus botas mientras pasaba junto a cada lápida desgastada. Finalmente, encontró la que había estado buscando. El nombre de su madre estaba grabado profundamente en la lápida bajo el rostro querúbico de un ángel bebé con pequeñas alas que se asomaban por encima de sus hombros. Ella estrujó contra su pecho el ramo de dalias blancas. Un profundo dolor brotó de su interior.

—Dieciséis años —suspiró ella. Las palabras muchas veces pensadas pero nunca pronunciadas temblaban en la punta de su lengua. Cerró los ojos, pero las lágrimas seguían filtrándose bajo sus pestañas—. Siento mucho no haber vuelto hasta ahora. Te echo de menos, mamá. Demasiado —se le hizo un nudo en la garganta en cuanto se liberaron los recuerdos que ella había encerrado. ¿Cuántas noches se había sentado en la cama de Lady Hampton mientras su madre vestía a la condesa para la velada? Las tres reían y sonreían. Aún podía recordar el ligero aroma a limón que desprendía su madre, limpio y fresco, mientras se inclinaba sobre Ivy para arroparla en la cama. Su madre siempre había cuidado de ella, la había amado. E Ivy la había dejado aquí, en este frío pedazo de tierra. Sola. Durante dieciséis años.

Ivy aspiró entrecortadamente mientras se le oprimía el pecho.

—Quería volver, pero me dolía demasiado. Por favor, perdóname —Ivy se pasó el dorso de una mano por las mejillas para apartar las lágrimas mientras tocaba la lápida con la otra. Su padre vendría pronto a presentar sus respetos a la mujer que una vez había amado, pero Ivy había necesitado venir sola para llorar. Su madre la había inspirado para ser la mujer que ella era hoy. Ver a una mujer brillante vivir como una sirvienta en una época que se estaba extinguiendo había impulsado a Ivy a apasionarse por los derechos de la mujer. Si ella no luchaba por el cambio, entonces, ¿quién lo haría? Las mujeres tenían que trabajar juntas. Si eso significaba sacrificar el tener un marido e hijos, ella lo haría. Se lo debía a su madre y a las generaciones de mujeres que vendrían después de ella.

Nos merecemos algo mejor. Te merecías algo mejor, mamá.

—No pasa un día sin que te eche de menos, mamá —inclinó la cabeza—. Te amo. Siempre lo haré —soltó la fría lápida y dio un paso atrás. Enderezó los hombros, se ciñó la capa forrada de piel alrededor del cuerpo y se dio la vuelta para salir del cementerio.

Volver a Hampton era algo que llevaba años temiendo y anhelando hacer. Solo deseaba que Leo hubiera podido estar allí para compartirlo con ella. Sacudió la cabeza ante ese tonto pensamiento. ¿Qué pensaría él cuando ella le contara sobre su identidad? ¿Estaría furioso por su engaño? ¿O se retraería y se volvería frío? Ivy supuso que no importaba; las esperanzas de su infancia se habían desvanecido. Él iba a casarse con otra mujer. Ellos estaban destinados a vivir vidas separadas, pero eso no le impedía quererlo... *amarlo*.

Leo contó los segundos en silencio mientras esperaba a que Ivy saliera del cementerio. Cuando ella estuvo fuera de su vista, se escabulló por la puerta y buscó entre las tumbas dispersas un atisbo de las dalias que ella debió haber dejado atrás. La culpa por haberla seguido era una emoción lejana. Su curiosidad pesaba más que la violación de su privacidad. No era culpa suya que se hubiera vestido temprano para la fiesta y la hubiera visto salir. Su preocupación por ella no había tardado en convertirse en fascinación mientras la seguía y se daba cuenta de que ella se dirigía al cementerio, junto a la antigua iglesia gótica. Desde su escondite tras el muro de piedra, cerca de la puerta, la había visto tocar una lápida y hablar, sus palabras siendo arrastradas por una leve brisa.

¿Por qué ella vendría aquí? ¿Por qué visitar una tumba en un lugar en el que, según ella, nunca había estado? Algo no encajaba. Había engaño en todo esto, pero él no podía comprender cómo encajaban todas las piezas del rompecabezas.

Leo tiró de su sombrero para ajustarlo un poco más y cruzó el cementerio, esquivando tumbas hasta que encontró una en la que un ramo de dalias descansaba en la base de la piedra. Leyó el nombre y retrocedió un paso.

Aquí yace Elizabeth Jameson. Amada madre y querida amiga.

Ese nombre. Uno que él nunca olvidaría. Ella había sido la dama de compañía su madre hacía mucho tiempo. La amiga y confidente de su madre. El cáncer había cobrado su vida dieciséis años antes...

La cegadora verdad lo golpeó tan fuerte que se tambaleó.

Una niña de grandes ojos marrones y sonrisa trémula. Se frotó la palma de la mano al recordar cómo su pequeña mano encajaba en la suya cuando él la había cogido. Su risa clara y alegre, y la nariz respingada que tantas veces había tocado con un dedo mientras se había burlado de ella.

Botón. Ivy Leighton era Botón de adulta. Ella había sido su única amiga en casa, la única amiga que él había tenido cuando no estaba en el colegio. Ella había sido su sombra constante, con su inocencia y su dulce y pequeña voz. En esa época, no se había tratado de un romance, no para ninguno de los dos. Habían estado unidos como amigos, por una confianza y un amor más profundos. Cuando él había regresado de Eton durante las vacaciones para enterarse de que Elizabeth Jameson había muerto y su hija había sido enviado a vivir con su padre... eso lo había destrozado. Su padre se había burlado de su blando corazón y le había informado de que él estaba mejor sin la pequeña mestiza corriendo en el camino. Leo había permanecido estoico, escuchando las crueles palabras de su padre, y luego había subido a su habitación y había llorado, sin importarle sentirse como un niño y no como un joven. Botón se había ido. Su única amiga en Hampton se había ido para siempre...

Él había enterrado ese amor y afecto por su amiga desaparecida a lo largo de los años, ¿pero tenerla de vuelta ahora? ¿Así? ¿Como la hermosa mujer que lo volvía loco de lujuria y lo fascinaba con su naturaleza rebelde y su mente brillante?

Mi querida pequeña Botón... Su pecho le dolía con fiereza y tragó saliva con fuerza mientras intentaba contener la ráfaga de esperanza en su interior. Ivy era Botón. Durante todo el tiempo que llevaba conociéndola, ella siempre había sido *su* Botón. El nombre de Ivy nunca le había pasado por la cabeza y, por lo tanto, no había sabido quién era ella, sobre todo desde que había adoptado el apellido de su padre. Seguramente ella lo recordaba a él, pero entonces ¿por qué no le había dicho quién era en realidad? ¿Ella tenía la intención de engañarlo y, si era así, con qué fin?

Leo se pasó una mano por el cabello, intentando descifrar el motivo que tenía Ivy para ocultarle su identidad, pero no podía pensar en ninguna razón. ¿Ella estaba avergonzada de su pasado? ¿Creía que él la juzgaría? Era posible; él había sido un imbécil arrogante desde el momento de su discusión con ella durante el té. Él había frustrado sus sueños y esperanzas con sus estúpidas opiniones. No era una muchachita cualquiera que quería ser salvaje y jugar a la rebelde; era Botón, y él no habría dicho esas cosas sobre los derechos de las mujeres si hubiera sabido quién era ella en realidad.

Tendré que encontrar la manera de sacarle la verdad por las buenas o por las malas... o quizá a besos. Leo no sabía si reír o maldecir. Ya la había seducido un poco. El mero recuerdo le calentó la sangre de nuevo hasta que recordó que ella había venido aquí por insistencia de su madre.

—Madre —gruñó.

Ella tenía que haber sabido desde el principio quién era Ivy, y había jugado con él como con una baraja de cartas. ¿Esto era parte de su plan para evitar que se casara con Mildred? ¿Presentarle un delicioso misterio como lo era Ivy? ¿Ella creía que si él descubría su verdadera identidad cambiaría de opinión sobre su propuesta de matrimonio? ¿O su madre simplemente quería crearle problemas? Leo podía atribuirle fácilmente cualquiera de los dos planes.

Cerró los puños y luego los abrió mientras reflexionaba sobre su próximo movimiento. Él quería a Ivy. Eso no había cambiado, pero estaba claro, ahora más que nunca, que tenerla tendría un precio. No podía casarse con Mildred y tener a Ivy al mismo tiempo. Leo no sería como su padre. Sin embargo, convertir a una mujer mitad gitana como esposa no detendría los murmullos y las habladurías. El hecho de que también fuera sufragista era otra cosa con la que Leo tendría que lidiar.

Eso significaría más portazos en su cara. Perdería toda esperanza de relacionarse con antiguos amigos de su padre que podrían haberlo ayudado con oportunidades de inversión inteligentes. Leo evaluó las opciones y las consecuencias. No podía dejar marchar a Ivy. Era su amiga de la infancia, una persona que lo había visto en sus peores momentos, alguien que siempre había tenido la fuerza de mantenerlo con los ánimos en alto. De niña, ella no había tenido miedo del padre de Leo. ¿Tendría miedo de la sociedad si se casaban? ¿O sería lo suficientemente valiente como para demostrarle a Leo que podían vivir felices juntos a pesar de los rumores que se esparcirían? Sabía de corazón que ella era valiente. Haría cualquier cosa para ganarse su amor. Su Botón no se desvanecería de nuevo y le dejaría el corazón destrozado. No importaba cuánto perdiera, con tal de tenerla en su vida. Su decisión estaba clara.

* * *

Vestida cálidamente para un día de caza de faisanes, Ivy se reunió con su padre al borde del campo. Sus ojos oscuros la recorrieron especulativamente, sin pasar nada por alto.

—Has estado llorando —observó él en voz baja.

Ella le sonrió, consciente de que sus ojos estaban enrojecidos por las lágrimas.

—¿Qué pasa, corazón mío?

Corazón mío. Él siempre la llamaba así. En los últimos años, él había demostrado una y otra vez que era un padre maravilloso, y ella nunca se cansaba de su deseo innato de protegerla y cuidarla. Miró a su alrededor, observando a los lacayos que se movían de un lado a otro, atendiendo las necesidades de los tiradores antes de que ellos partieran para pasar el día. Nadie estaba demasiado cerca como para oírla.

—Visité la tumba de mamá esta mañana. Fue difícil —cuando él se le acercó, Ivy apoyó una mano enguantada en su brazo—. Necesitaba ir sola.

Su padre negó con la cabeza y una sonrisa triste curvó sus labios.

—Tú siempre eres muy valiente. No tienes por qué serlo —colocó un dedo bajo su barbilla y bajó la mirada hacia ella. En sus ojos brillaban la calidez y el amor.

—Quiero serlo —Ivy sonrió mientras se ponía de puntillas y le besaba la mejilla—. Tal y como mi padre.

—¡Señorita Leighton! —Owen se acercó a ellos con una sonrisa preparada y un brillo travieso en sus ojos—. ¿Le gustaría ser mi compañera de caza? —ella notó que su abrigo, un fino abrigo de caza, estaba un poco deshilachado en los extremos y las mangas un poco raídas mientras él se sacudía el polvo de los pantalones. Cuando se percató de sus ojos fijos en su ropa, él sacudió su chaqueta con sus brazos y su sonrisa se volvió aún más alegre. Ivy no pudo evitar preguntarse si Leo sabía que su amigo estaba pasando por problemas económicos. Así se encontraban la mayoría de los caballeros con título estos días. Muchos buscaban desesperadamente a ricas herederas en el extranjero con el fin de mantener sus propiedades. Era un alivio que el negocio propio de su padre estuviera despegando y no necesitara tierras para sostenerse como lo hacían las viejas haciendas que dependían de granjas de arrendatarios.

—Entonces, ¿será mi compañera? Creo que cazaría más pájaros con una mujer hermosa a mi lado —Owen se acercó y sus ojos se centraron fuertemente en ella. A Ivy no le pasó desapercibida la repentina sensación de sentirse acechada. Sin embargo, no debería haberse sorprendido. Si Owen estaba ávido de fondos, ella sería sin duda una mujer de su interés. Por desgracia para él, Ivy no tenía ningún deseo de casarse y, por lo tanto, no caería presa de ningún intento de adulación o seducción.

Su padre dio un paso adelante, amenazador, como un lobo alfa dispuesto a defender su territorio. Owen le dedicó una leve inclinación de cabeza en señal de reconocimiento antes de centrarse esperanzado en ella. Los labios de Ivy se entreabrieron, pero no tenía ni idea de lo que debía decir.

—Ella ya está asignada a mí —la voz de Leo interrumpió su rápido hilo de pensamientos. De repente, él estaba allí, junto a ella, con la pistola preparada y colgando del recodo de su brazo—. ¿No es cierto? —sus ojos estaban llenos de una emoción que ella no podía leer y, sin embargo, sintió que debía estar de acuerdo y fingir que estaba emparejada con él. Eso evitaría que Owen pensara que podría tener una oportunidad con ella.

—Lo siento, señor Hadley, pero es la verdad. Él me pidió que lo acompañara esta mañana en el desayuno —la culpa la invadió por un instante, pero la apartó para permitir que el entusiasmo ocupara su lugar. La noche anterior la había dejado insegura en cuanto a lo que él sentía por ella, pero lamentaba su dura reacción ante el ofrecimiento de Leo. Había sido un caballero, uno seductor, pero un caballero, al fin y al cabo. Y ella ansiaba pasar el día con él. Esta podría ser su última oportunidad. Una vez terminada la fiesta, ella y la condesa asistirían a la reunión de la WSPU e Ivy regresaría a Londres, donde probablemente no volvería a tener la oportunidad de estar con Leo otra vez. Él se casaría con Mildred y se ocuparía de su finca, mientras que ella seguiría a Emmeline Pankhurst en la noble búsqueda del sufragio.

—Él debió preguntarle antes del desayuno, dado que ninguno de los dos comió con nosotros esta mañana —los ojos de Owen se entrecerraron mientras miraba a Leo, con una ceja arqueada en un desafío silencioso. La amenaza de venganza era clara, solo que Ivy no sabía exactamente de qué manera se vengaría el amigo de Leo. Los hombres eran criaturas muy extrañas, completamente insensibles cuando se trataba de luchar por la posesión de algo.

El padre de Ivy le dio una palmada en el hombro a Owen y lo arrastró un paso hacia atrás.

—Usted y yo cazaremos juntos, señor Hadley.

—Bien —respondió Leo—. Ya estamos todos listos.

Creo que los guardias están listos —colocó una mano en la parte baja de la espalda de Ivy, justo por encima de su trasero. Su toque la hizo sentir cálida, aunque ella no podía sentir el calor de su mano a través de las gruesas capas de su ropa. Dios, echaría de menos sentir esa intimidad y calor. Él le hacía querer olvidar su promesa de permanecer soltera, pero tenía que aferrarse a sus sueños para no fallar a la próxima generación de mujeres.

Caminaron con dificultad hacia el bosque, con el resto de la partida de caza tras ellos. El señor Atherton y el señor Pevenly habían formado equipo, mientras que Lord Pepperwirth se había quedado gallardamente atrás para hacer compañía a las damas. De las damas, solo Ivy había decidido enfrentarse al frío bosque. Había sido eso o enfrentarse a la mirada amenazadora de Mildred por encima del borde de una taza de té durante toda la mañana.

No, gracias. Sin duda, yo pasaría por alto ese desagradable suceso.

La hierba frente a ellos pasó de ser un desastre marrón verdoso a unas hebras espesas de color trigo que les llegaban hasta las rodillas mientras el grupo de cazadores dejaba atrás el césped cuidado. Las parejas empezaron a dispersarse a medida que los guardias se adelantaban, haciendo salir a los faisanes.

Ivy permaneció junto a Leo, viéndolo levantar el rifle, apuntar con cuidado y abatir un pájaro. El animal cayó en espiral a la tierra y ella sintió una punzada de tristeza. Cerró el puño y se lo llevó al pecho, sobre el corazón. Su padre se había burlado a menudo de ella por ser demasiado blanda con las criaturas grandes y pequeñas. En realidad, Ivy sabía que a él le gustaba que ella se preocupara tanto por los animales. Los romaníes valoraban la naturaleza. Las bestias y los pájaros formaban parte de su alma, muy profundamente.

Leo era un cazador cauteloso. No efectuaba todos los disparos, aunque fueran fáciles. Había veces en que los faisanes volaban por encima de su cabeza y él simplemente se inclinaba sobre una pierna y observaba con silenciosa admiración su vuelo.

—No está disparando mucho, milord —comentó Ivy. Le extrañaba que un hombre aferrado a la tradición no estuviera matando pájaros frenéticamente para competir con los demás, quienes sin duda deseaban matar varios centenares antes de que acabara el día.

Leo bajó el arma y estudió los cielos, luego recorrió el campo con la mirada, como si estuviera observando la ubicación de los demás tiradores.

—Tengo la sensación de que intentaba juzgarme, señorita Leighton —finalmente, se volvió para estudiarla. La intensidad de sus ojos sobre ella era tan fuerte que sintió el toque de unas manos invisibles deslizándose sobre su cuerpo.

—No pretendo hacerlo —replicó ella, con un tono apenas por encima de un susurro—. Solo de comprender.

Leo suspiró y le hizo un gesto para que ella se adentrara en el bosque, lejos del resto del grupo. Ivy obedeció sin protestar y él se le unió, manteniendo el paso.

—No necesito matar más de lo que los cocineros necesitan para el festín. A diferencia de muchos de mis pares, no veo razón alguna para envanecer mi orgullo disparando innecesariamente. ¿Por qué debería abatir a una criatura y acabar con su vida solo para demostrar que soy un tirador de primera? Espero que ninguna especie supere nunca al hombre y tenga una visión tan insensible y superficial de nuestras vidas.

Sus palabras invitaban a la reflexión y tenían mucho sentido. Él respetaba la vida, todas las vidas. Como un romaní. *Como ella.* Eso estaba más en sintonía con el joven que ella había conocido de niña. El joven que le había robado el corazón...

—¿Y qué hay de ti, Ivy? —Leo había dejado de llamarla señorita Leighton, y ella se alegraba de ello.

A pesar de su pelea la noche anterior, todavía deseaba un nivel de intimidad con él. No podían estar juntos como Ivy deseaba, no mientras él planeara casarse con Mildred y ella estuviera decidida a no casarse nunca, pero al menos podía tener esto, fuera lo que fuera.

—Estoy de acuerdo contigo. La vida debería ser valorada. Cada criatura debería tener derecho a existir y vivir de la forma en que se supone que debe hacerlo, dejando a un lado los argumentos sobre el alimento necesario, por supuesto —hizo una pausa, preguntándose si podía explicarse mejor—. Por eso me preocupa el sufragio femenino.

—¿La caza del faisán y la cuestión del voto femenino tienen algo en común? —soltó una risita, un sonido lleno de genuina calidez más que de arrogancia mordaz.

A pesar de su diversión, no se estaba burlando de ella.

—Lo que he dicho iba en serio —Ivy se unió a él junto a un tronco caído y ambos se tomaron un momento para sentarse uno al lado del otro. Ella lo miró con seriedad, deseando desesperadamente que él comprendiera su punto de vista—. Deja a un lado todo lo que sabes e imagina un mundo en el que niños y niñas van juntos a la escuela, reciben la misma educación e instrucción y deben cumplir las mismas expectativas. Las mujeres ya son inteligentes sin el beneficio de la educación, pero ahora estarían informadas y se preocuparían por la política y la economía tanto como lo hacen los hombres. No hay ninguna prueba científica que demuestre que las mujeres son, de algún modo, inferiores. Si se nos diera la oportunidad de volar sin que nadie nos detuviera, ¿qué podríamos conseguir? La humanidad podría alcanzar cotas de éxito sin obstáculos si elimináramos las cadenas de las bajas expectativas.

Ivy pasó una mano por la hierba alta y marrón, sintiendo cómo su grosor rozaba las palmas de sus guantes. El peso de la mirada de Leo no era opresivo, más bien alentador. Ella apartó la mirada un momento, respirando hondo y armándose de valor para hablar con Leo de todo lo que pesaba como una losa en su corazón. No se trataba solo de ser rebelde y salvaje; ser sufragista era ganar libertad, obtener el derecho a una vida plena.

—Las vidas a medio vivir no valen nada. Sé que los hombres se centran en la tradición y las costumbres; os da comodidad sin miedo al cambio. Pero hay que preguntarse. ¿Qué se gana si nunca hay ningún cambio? Las mujeres nunca han votado antes, así que ¿por qué deberíamos cambiarlo? Si tuvieras una hija, a la que amaras ferozmente, que fuera brillante de mente y de corazón, ¿la condenarías a vivir una vida con un hombre que la viera como un medio para un fin? ¿Solo una propiedad? ¿Querrías que tu querida hija no tuviera ningún derecho? ¿Y si ella fuera más lista que tus hijos? ¿Querrías que no tuviera igualdad por el mero hecho de ser mujer? —se giró hacia él, gustándole la forma en que se centraba únicamente en ella, con los ojos intensos y la boca ligeramente entreabierta, como si estuviera pensando en lo que había dicho.

—¿Pero mi hija no me tendría a mí o a su marido para protegerla y atender sus necesidades?

Ivy frunció profundamente el ceño. Dios, conseguir que él o cualquier otro hombre viera la luz era una batalla ardua a la que ella sabía que siempre se enfrentaría.

—Imagina por un momento que tu padre está vivo de nuevo y las restricciones que puso en tu vida. ¿La disfrutabas?

Leo se estremeció.

—Por supuesto que no. El hombre me detenía a cada paso. Yo no podía hacer nada de lo que yo... —sus palabras se desvanecieron cuando, por primera vez, pareció ver con claridad lo que ella quería decir.

—Ahora lo entiendes. A las mujeres nos pasa lo mismo. No nos sentimos menos enjauladas que los hombres en esas situaciones y, sin embargo, ese es nuestro destino diario. Míralo desde la perspectiva de la esclavitud. Hace cien años, la esclavitud era legal. Ahora no lo es. ¿Dirías que nunca deberíamos haber acabado con la esclavitud? ¿O dirías que la libertad no estaba en el interés universal del hombre? Una mujer sin voz ni voto en su cultura, su política, su vida o su propiedad no es mejor que una esclava. Las cadenas son invisibles, pero siguen *ahí*.

Leo la miró fijamente, con una extraña expresión de comprensión en su rostro. Un destello de esperanza se agitó en el pecho de Ivy. ¿Él lo había entendido por fin?

—Por Dios, eres bastante brillante —murmuró, aparentemente sorprendido por su propia respuesta—. Sigo pensando que muchas mujeres son demasiado frívolas y no piensan en nada que no sean enaguas. No sabría si podría confiar en que piensen con la lógica suficiente para votar —le habló con cuidado, no de la manera condescendiente con la que lo había hecho durante el té cuando habían discutido por primera vez sobre el tema.

Ivy se rio.

—Nuestro sexo siempre preferirá la moda; está en nuestra naturaleza el lucir deseables, pero los hombres sois igual de frívolos con vuestras obsesiones por la ropa, al igual que por la caza y el juego. Que una mujer no lo sepa todo para tomar una decisión informada no significa que no tenga derecho. He conocido a muchos hombres en Londres que saben poco de política y aun así votan. No se debería privar a una persona de sus derechos simplemente porque no se crea que está informada sobre los temas —una brisa helada la hizo estremecerse, pero se alegró de que Leo la estuviera escuchando finalmente.

—Touché —con un movimiento de cabeza, él se levantó del tronco y le tendió la mano—. Ven conmigo.

—¿A dónde vamos?

—A una cabaña de cazadores. No está lejos —le aseguró—. Llevo media hora viéndote temblar y ya no puedo soportarlo. Te vendría bien un fuego caliente.

Ivy se sonrojó. Ella tenía frío, pero no quería que él la viera siendo débil.

—Estoy bien, Leo —su nombre se le escapó de nuevo, y ella se apresuró a apartar la cara, pero no antes de que lo viera sonreír como si él estuviera al tanto de algún secreto y no quisiera compartirlo con ella.

La cañada boscosa en la que entraron unos instantes después reveló una pequeña cabaña de piedra marrón. Parecía bien cuidada y acogedora. Leo abrió la puerta y le hizo un gesto para que ella entrara primero. En un rincón de la habitación había una cama acogedora y una chimenea de ladrillo lista para encenderse, con leños y yesca ya colocados en su sitio. Una pequeña cocina ofrecía un surtido de alimentos guardados de las alacenas. Ivy frunció los labios al darse cuenta de que alguien había traído comida, como si la visita a la cabaña hubiera sido planeada.

Leo dejó su arma junto a la puerta, se despojó de su

chaqueta de tiro Norfolk y se quitó el sombrero. Lo arrojó sobre uno de los sofás de aspecto cómodo que había frente al fuego. Luego se arrodilló frente a la chimenea y empezó a hacer la labor de encender la yesca. A Ivy le encantó verlo moverse mientras se levantaba y se apartaba de la chimenea, cuyo fuego devoraba ahora los troncos. Él echó un vistazo a la habitación, observándolo todo como si quisiera asegurarse de que estaba adecuadamente preparado para su estancia. Él se sentía cómodo en su entorno. Era evidente que venía aquí a menudo.

—Ven aquí —la instó, señalando la silla vacía. Ella obedeció, mordiéndose el labio para ocultar una sonrisa mientras él cogía una gruesa manta de lana de la cama y la envolvía en ella como a una niña antes de volver a centrar su atención en la chimenea, avivándola con un atizador. Las chispas salieron disparadas y el crepitar y el chasquido aumentaron, al igual que el calor que besó su cara y sus manos en donde éstos se asomaban de entre la manta.

—¿Nos echarán de menos los demás? —de repente, Ivy fue consciente de la precariedad de la situación. El resto del grupo de caza no tardaría mucho en darse cuenta de su ausencia. Ella estaría comprometida y Leo se vería obligado a casarse con ella. Arruinaría la vida de ambos.

—No nos echarán de menos. El señor Bramble, mi guardia principal, sabrá que debe evitar la cabaña. Él mantendrá al resto del grupo persiguiendo faisanes en la dirección opuesta.

¿Leo había tenido la intención de que esto sucediera? ¿Llevarla a un lugar apartado y comprometerla sin que nadie lo presenciara? Seguramente él no era tan frío y calculador... La ira surgió a través de ella, agudizando sus sentidos y haciéndola más consciente de la tranquila soledad del lugar en el que se encontraban.

—¿Tú has planeado esto?

Él la miró y se quitó el polvo de las manos con un paño antes de tirarlo al suelo. La expresión de su rostro era de enfado, con las cejas fruncidas mientras la fulminaba con la mirada.

—Bramble sabe que vengo aquí a menudo y que no tengo verdadera afición al tiro. La cabaña siempre está preparada para mí, y él mantiene alejados a los demás huéspedes para que yo pueda tener un breve respiro del chasquido de los disparos.

Desanimada y avergonzada, Ivy apartó la mirada. Fue entonces cuando notó varios bocetos enmarcados en la pared. Bocetos de una artista que ella conocía muy bien... su madre.

—¿De dónde los has sacado? —se levantó, envolviéndose con la manta como si esta fuera un largo chal, y se acercó al boceto más cercano. Mostraba a una niña, Ivy, jugando en las aguas poco profundas de un arroyo, presa de un salvaje desenfreno propio de un niño al lanzar guijarros. Ivy cerró los ojos mientras el vívido recuerdo de ese día se apoderaba de ella. La calidez del sol de la tarde, lo suficientemente caliente para ruborizar sus mejillas pero sin quemarlas. El agua, fría y fresca, le mordisqueaba los tobillos como cachorros eufóricos. La forma en que la luz destellaba y centelleaba en la super-ficie mientras el agua rompía sobre las rocas. Su madre se había reído y acomodado en la hierba, cerca de la orilla, a dibujar. Ivy nunca había sabido que su madre la había dibujado ese día. Había estado demasiado absorta en el placer del momento.

El calor corporal de Leo la calentó por detrás y sus manos cayeron sobre sus hombros.

—Los dibujó una querida amiga de mi madre. Ella murió hace años, pero mi madre guardó los dibujos. Le recordaban una época en la que... —su voz se tornó áspera—. En la que había felicidad aquí en Hampton. Le pregunté a mi madre si podía coger algunos de ellos y ponerlos en la cabaña. Era un lugar de refugio para mí y el arte parecía encajar.

A Ivy se le atascó la lengua y no pronunció palabra alguna mientras contemplaba el arte en silencio. La cruel pérdida de su madre parecía resucitar en los peores momentos. Deseaba desesperadamente decirle a Leo quién era, confesarle la farsa que su madre había creado, pero no lo hizo. En lugar de eso, se giró hacia él, compartiendo sus alientos en el pequeño espacio entre sus rostros. La noche anterior se había convencido a sí misma de que no llegaría tan lejos, de que no traicionaría a su corazón. Sin embargo, negar lo que éste quería era, de alguna manera, más cruel. No conocer nunca el amor de Leo sería peor destino que conocerlo y perderlo. Tenía una oportunidad de estar con él antes de obligarse a dejarlo marchar.

—¿Me... me besarías? ¿Como lo hiciste antes?

Él le pasó un dedo por debajo de la barbilla, levantándole la cara mientras la estudiaba.

—Haría *cualquier* cosa que tú me pidieras —las palabras eran una promesa de algo más, algo que ella no podía comprender del todo, pero que le provocó un efecto devastador en el corazón.

El órgano se estremeció en su pecho, latió con locura y sufrió una pausa hasta detenerse. Luego se aceleró salvajemente. Ella apenas podía respirar mientras Leo la besaba. Sus labios eran ligeros como plumas, pero no castos mientras él la saboreaba. Sus manos se deslizaron por sus brazos, cogiéndola ligeramente, sus dedos apenas clavándose en su piel como si quisiera acercarla pero temiera su protesta.

El vacilante entusiasmo de su beso dijo todo lo que Ivy quería saber. Leo no lo había planeado, no había esperado que ella lo quisiera a él después de haberse peleado. Ivy adoraba su confianza, pero descubrir que él también estaba inseguro y, sin embargo, tan deseoso de estar con ella como Ivy de estar con él, era algo maravilloso en este momento en particular. Ivy le rodeó el cuello con los brazos y deslizó la lengua por los labios. Él abrió su boca a ella y gimió cuando presionó su cuerpo contra el suyo.

Cuando ella le mordió los labios, él gruñó contra su boca. Eso pareció cambiarlo todo. La desesperación, el hambre de conexión, parecieron apoderarse de Leo mientras profundizaba el beso. Estaba hambrienta de él, de su toque, de las emociones que eran evidentes en su pasión. Esto era mucho más de lo que ella podría haber imaginado.

Sus manos bajaron por la espalda de Ivy hasta su trasero, lo estrujó con fuerza y la empujó hacia él. Ella estaba vagamente consiente de que se estaban moviendo hacia la cama. No protestó cuando él la giró de frente hacia el catre y empezó a desabrocharle el vestido y a quitárselo. Casi se rio de la rapidez y determinación con que la despojó de su ropa. La fría corriente de aire le golpeó la piel y sus pezones se pusieron erectos en respuesta a su mirada y al aire.

Para distraerse del frío, Ivy lo ayudó a desvestirse. Su camisa estaba caliente y ella se acercó la prenda a la cara, hundiendo la nariz en ésta e inhalando su aroma. La entusiasmó y mareó. Ella deseaba esto, lo deseaba a él. Mañana lo dejaría marchar, dejaría que siguiera adelante y se declarara a la señorita Pepperwirth, pero por ahora, él le pertenecía.

Leo cogió la camisa de las manos de Ivy y la dejó caer al suelo. Aún llevaba puestos los pantalones, pero todo lo demás estaba dichosamente expuesto ante su mirada. Vacilante, Ivy apoyó las manos en su pecho. Él la acercó, sonriendo mientras ella le pasaba las manos por las costillas, el abdomen, maravillada por la forma en que sus músculos se contraían y flexionaban bajo su contacto.

—Eres muy hermoso —susurró ella, y luego soltó una risa trémula.

—¿Yo? No, tú eres la hermosa —le acarició la garganta con los dedos y luego le recorrió la clavícula antes de bajar las manos hasta sus pechos. Cogió uno y luego el otro, evaluando su peso y amasando suavemente. Su toque la ruborizó de calor y se arqueó hacia él —. ¿Te gusta? —le pellizcó un pezón sensible y ella respondió con un movimiento frenético asentimiento. Era demasiado embarazoso para admitirlo en voz alta.

Él pareció sentir su reacción y escuchar sus pensamientos, porque le levantó la cabeza y la miró.

—No hay nada de qué avergonzarse. ¿Lo entiendes? Somos libres de explorarnos y disfrutar el uno del otro. Por favor, confía en mí, Ivy.

—Confío en ti —lo dijo en serio. En quien no confiaba era en sí misma. Sería muy fácil susurrar las palabras en su lengua. Tres palabras que lo cambiarían todo. Se mordió el labio y guardó silencio.

—Ven aquí —la condujo a la cama y apartó las gruesas mantas—. Tú primero —Ivy se deslizó entre las sábanas, con el rostro aún ruborizado con conocimiento y timidez. Leo se desabrochó los pantalones y se los bajó. Estaba erecto y la visión de su natural masculinidad la paralizó. No se parecía en nada a las estatuas y los cuadros. Era mucho más grande—. Ivy, mírame —su gruñido bajo llevó la mirada de Ivy a su rostro—. Habrá un poco de dolor, al principio. Te prometo que después solo será placer.

Se unió a ella en la cama. Ivy esperaba que la empujara sobre su espalda y la reclamara. Pero este era Leo y no un extraño insensible. En lugar de eso, la besó, concentrándose únicamente en su boca. Él le cogió la cara, permitiéndole sentir cada lugar ardiente donde sus cuerpos se tocaban.

—Iremos tan despacio como lo necesites, cariño —inclinó la cabeza y la besó.

Como las chispas a la yesca seca, Ivy crepitó y ardió hasta cobrar vida. Una de las manos de Leo le acarició la espalda, la cadera, le hizo cosquillas en la rodilla. Sus piernas se separaron instintivamente y él se deslizó entre sus muslos. Como si fuera consciente de lo crucial que era besarla, nunca permitió que sus bocas se separaran. Por un breve instante, el miedo se apoderó de Ivy al temer que su peso la asfixiara, pero Leo se apoyó en uno de sus antebrazos. Con la otra mano, él le tocó la cara, los hombros, bajando cada vez más por su cuerpo, acariciándola como lo haría con un caballo. Cuando sus dedos recorrieron sus labios calientes, el cuerpo de Ivy se estremeció y se aferró con fuerza a sus hombros. Todos sus instintos le gritaban que se cerrara, que se protegiera.

—Tranquila, cariño, tranquila —arrulló él contra su oreja.

Luego la lamió allí abajo y un fuerte cosquilleo la recorrió desde la cabeza hasta la columna vertebral. Él le levantó las caderas, acercó la cabeza del miembro a su entrada y empezó a penetrarla lentamente y con suavidad. Ivy comenzó a tensarse de inmediato, pero Leo no se lo permitió. Su beso se intensificó, una profunda distracción, mientras se introducía en ella.

Ivy gritó contra su boca ante el repentino estallido de dolor y le clavó los dientes en el hombro mientras esperaba, aferrada a él.

—Shh... amor, me estás rompiendo el corazón —murmuró Leo, acariciándole la cadera hasta que los dientes de Ivy se soltaron de su piel y ella lo miró. Los ojos de Leo eran brillantes, pero reflejaban una miríada de emociones, haciendo que su corazón diera un vuelco salvaje. Le dolía el cuerpo, ese lugar tan delicado le dolía y punzaba hasta el punto que le costaba respirar.

—¿Hay más dolor? —su voz temblaba tan fuerte como su cuerpo.

—No, no si te relajas y te concentras en besarme. No debes ponerte tensa.

Ivy asintió un poco y le rodeó el cuello con los brazos, acercándolo a su boca. Un roce de sus labios, un dulce baile de lenguas, y la tensión brotó de ella como una inmensa lluvia torrencial. Jadeó, sorprendida y maravillada por la sensación de plenitud. No había ninguna parte suya que no estuviera repleta por Leo, no había espacio vacío en su cuerpo o en su alma.

—¿Cómo te sientes ahora? —preguntó él entre besos embriagadores y movimientos lentos y fluidas.

—*Libre* —fue la primera palabra que llegó a su mente. Una deliciosa mezcla de mareo y ligereza—. ¿Y tú? —susurró. En ese momento, Ivy se sintió envuelta en una veneración secreta, como si se deslizara en el fondo de una catedral durante la misa. Sombras y arco iris de luz giraban a su alrededor. Algo hermoso e impresionante se estaba formando entre ellos, y ella no se atrevió a estropearlo.

—Te sientes perfecta. No tengo palabras para describirlo. Solo que me hace débil, supongo —sus oscuras pestañas doradas cayeron solo un poco mientras estudiaba sus labios—. Un hombre no debería admitir eso —un tímido color rojo tiñó sus mejillas.

—¿Te debilito? —ella no pudo resistir la risita que se le escapó.

—Ivy, no tienes ni idea de lo que me haces —Leo atrajo lentamente sus caderas hacia sí y volvió a introducirse en ella.

Ella echó la cabeza hacia atrás con un gemido. Después de eso, ella no fue capaz de formar palabras, o incluso pensamientos. Solo eran sensaciones. La presión de sus labios sobre la piel, la punzada de los dientes en la carne, el dolor y el ardor, mezclándose, fundiéndose, la necesidad salvaje de algo primitivo, algo demasiado antiguo para ser nombrado. Cuando Ivy lo sintió, sus labios se entreabrieron en un grito silencioso y se corrió debajo de Leo. Él maldijo en voz baja y, entre respiraciones jadeantes, se introdujo aún más, con más fuerza.

Tres fuertes embestidas y gritó y se unió a ella en la inmensa dicha.

El agotamiento la capturó como un suave ladró, y se hundió más en el cuerpo de Leo en busca de calor. Aún fundidos, él se movió para que pudieran acostarse de lado, con las piernas y los brazos entrelazados y envueltos en mantas. Estaban tan cerca como podían estarlo dos personas, y saber eso era un poco aterrador. Cada parte de ella estaba desnuda para él y le resultaría muy fácil destruirla, destrozarla. La suave sonrisa en los labios de Leo era cálida, reconfortante.

—Duerme, tenemos tiempo —le colocó un mechón de pelo detrás de la oreja y le acarició el puente de la nariz.

Tiempo. ¿De verdad tenían tiempo? Aunque no lo tuvieran, Ivy fingiría que les quedaban años por delante.

Capítulo Nueve

Un enorme peso se desvaneció de los hombros de Leo. Podía respirar de nuevo. Cogió una bocanada de aire, exhaló y besó la sien a Ivy. Ella se acurrucó más cerca, aún dormida. Esto era lo que su madre le había dicho que encontrara. Una mujer que lo destruiría por dentro, una mujer sin la que él no podría vivir. Había tomado una decisión antes de llevársela a la cama. Entonces, supo que no podía declarársele a Mildred. Aun así, después de estar finalmente con Ivy, era un alivio saber que su decisión había sido correcta. Quería pasar el resto de su vida con alguien a quien amara.

Amara.

¿Él amaba a Ivy?

Para alguien que había vivido los últimos años

negándose a sí mismo la alegría, se sentía como un muerto de hambre leyendo detenidamente el menú del Savoy, incapaz de limitar sus opciones. Si pudiera tener a Ivy a su lado, como esposa e igual, él podría hacer cualquier cosa. Ella lo hacía débil y fuerte a la vez. Solo el amor podía contrariar así el corazón de un hombre sensato. Una pequeña sonrisa torció sus labios. El único problema era convencerla de que debería casarse con él. ¿Cómo iba un hombre a conseguir matrimonio con una sufragista?

Una corriente de aire se instaló a su alrededor como una niebla profunda sobre su piel, y echó un vistazo a la chimenea. Los leños estaban prácticamente consumidos. Si no salía de la cama y cogía otros nuevos, el fuego se apagaría. Con infinito cuidado, se deslizó fuera de la cama sin despertar a Ivy y se vistió apresuradamente. Se detuvo en la puerta y sus ojos permanecieron en la imagen de su gitana de pelo negro durmiendo en la cama. Su pecho se contrajo y una suave calidez le envolvió el corazón mientras se dirigía hacia el exterior en busca de leña en la parte trasera de la cabaña.

Una brisa fría le provocó cosquillas en la nariz, despertando a Ivy de su sueño.

—Leo —murmuró, buscando su cálido cuerpo para acurrucarse contra él. Estaba dolorida, y una punzada de dolor entre sus piernas la obligó a abrir los ojos. Cuando estiró la mano, se encontró con una cama vacía.

Leo ya no estaba.

El fuego era casi brasas y cenizas.

¿La había abandonado? Después de lo que habían compartido, ella pensó que tal vez él no se iría, al menos no tan pronto. Sus ojos ardieron debido a las lágrimas. La ropa de Leo había desaparecido, pero su pistola seguía apoyada en la pared, junto a la puerta. Tal vez había ido a buscar leña. Sí, debía de ser eso. No la habría abandonado. Enterró la cara en la almohada, todavía capaz de oler su tentador aroma aferrado en la tela. Si tan solo pudiera pasar más tiempo con él, pero se había prometido que solamente sería un día.

De pronto, la puerta de la cabaña crujió al abrirse. ¡Leo había vuelto! Ivy se incorporó, aferrándose la sábana al cuello, protegiéndose solo del frío, no del pudor. Después de lo que habían hecho, ella realmente no podía ser tan tímida.

—Oye... Leo, ¿estás aquí? Me ha costado mucho encontrarte —la voz de Owen Hadley recorrió la cabaña un segundo antes de que su cabeza se asomara por el borde de la puerta. Ivy no podía moverse, como una liebre paralizada frente a un lobo. Los ojos de Owen escanearon la habitación, se posaron en Ivy y sus labios se entreabrieron en señal de asombro, luego se fruncieron—. ¿Señorita Leighton? ¿Dónde está Hampton? —dio un paso a través del umbral y, mirando detrás de él, cerró la puerta, encerrándolos a los dos dentro.

—Él ha ido a buscar leña —*por favor, vuelve, Leo. ¿Dónde estás?*

—Bueno, ahora, esto es muy interesante... —empezó a acercarse a ella con pasos lentos pero seguros.

El miedo le erizó la piel.

—Señor Hadley, debe irse inmediatamente. No estoy vestida apropiadamente.

El humor iluminó sus ojos.

—Ciertamente puedo verlo. Sabes, los demás están a poca distancia... Si nos descubrieran juntos, así, estoy seguro de que tu padre tendría que permitir que nos casáramos. Tu reputación no sobreviviría al escándalo —Owen llegó a los pies de la cama, mirándola con ojos encendidos y una intensidad que la aterrorizó. ¿Cómo no se había dado cuenta antes de su desesperación? Había notado su ropa gastada y su determinado interés por ella, pero no había querido creer que caería tan bajo como para intentar comprometerla.

—Vete, por favor —le exigió esta vez.

—Lo siento, amor, pero estoy bastante decidido a atrapar a una heredera, y haré lo que sea necesario —

caminó rápidamente hacia la puerta de la cabaña y la abrió, gritando el nombre del padre de Ivy.

Se le secó la garganta mientras el pánico la invadía como un viento violento. Se removió en la cama intentando encontrar su ropa, pero ésta estaba tirada por el suelo.

—Demasiado tarde para eso, amor, demasiado tarde —murmuró Owen mientras caminaba hacia ella de nuevo—. Ahora sé buena y dame un beso rápido, solo para darles un buen espectáculo. Debemos hacerlo convincente, ya ves —sus palabras fueron pronunciadas con prisa, como si lo hubiera planeado y ensayado mentalmente.

—¡Si me tocas, te mato! —advirtió ella con un gruñido bajo.

—No tengo intención de hacerte daño, pero un beso haría las cosas mucho más creíbles.

—¡Nunca me casaré contigo! ¡Mi padre tampoco me obligaría! —balanceó una mano hacia él, intentando golpearlo, pero él capturó su muñeca.

—¡Cristo, mujer, es un maldito beso!

Su otra mano salió disparada, cogiéndola por los hombros y arrastrándola hasta ponerla de rodillas. Le plantó un beso y ella lo mordió. Con fuerza.

Todo sucedió tan rápido después de eso. Alguien bramó como una bestia enfurecida y Owen fue apartado de ella. Leo estaba allí, un dios vengativo. Le dio un puñetazo y tiró a Owen en la cama junto a Ivy. Él no se movió. El cuerpo de Ivy se estremeció violentamente y luchó contra las lágrimas que brotaron ahora que Leo estaba aquí.

Cogiéndola por los hombros, la miró de arriba abajo, como si la inspeccionara en busca de heridas.

—¿Estás bien? Él no...

—No. Estoy bien —le aseguró ella.

Cuando sus latidos se ralentizaron, Ivy se dio cuenta de que había gente hablando fuera de la puerta abierta de la cabaña. Leo se abalanzó sobre la cama, empujando a Owen hacia el otro lado. Cayó con un ruido sordo, fuera de la vista de cualquiera que pudiera entrar en la cabaña. Después envolvió a Ivy con la manta y la estrechó entre sus brazos, besándola despiadadamente. Ella se derritió al instante, pero segundos después se puso rígida cuando resonaron voces en el interior de la cabaña.

—¿Qué demonios? —gritó alguien.

Leo rompió el beso.

Su padre estaba de pie en la puerta abierta, acompañado por el señor Atherton y el señor Pevenly.

—Oh, Dios —murmuró el señor Pevenly mientras él y el señor Atherton salían

El padre de Ivy no se movió ni un milímetro. Su rifle

colgaba peligrosamente, listo para ser disparado. Ivy se preguntó si debería deslizar su cuerpo delante del de Leo para protegerlo.

—¿Le importaría explicarme por qué usted y mi hija estáis en esa cama?

Leo se encontró de frente con la mirada de su padre.

—Porque hemos estado juntos y tengo intención de casarme con ella.

La mente de Ivy se bloqueó. ¿Casarse con ella? Seguro que no lo decía en serio... Lo decía porque lo habían pillado comprometiéndola.

—Parece que está cortejando a mi hija fuera de lugar. La cama normalmente sigue al matrimonio, Hampton —su padre levantó el arma una pulgada, un indicio de amenaza.

—Soy muy consciente de eso, señor Leighton —dijo Leo con rigidez, y metió a Ivy bajo el brazo, apoyándola.

¿Sabía que ella estaba en estado de shock? Qué mujer sensata no lo estaría al enfrentarse a un padre furioso sin nada más que una manta y con un amante ofreciéndole matrimonio solo para hacer lo correcto por ella. Finalmente, encontró su voz.

—No tienes que casarte conmigo —le dijo ella, sin mirarlo, por si veía decepción en sus ojos.

—Por supuesto que debe hacerlo —espetó su padre al mismo tiempo que Leo gruñía:

—Por supuesto que debo hacerlo.

Sintió náuseas y se quedó mirándolo. Leo la soltó e Ivy se deslizó fuera de la cama para recoger su ropa. Esto no era lo que ella quería. No podía casarse con él, y no podía hacerlo de esta manera aunque hubiera querido un matrimonio.

—Escóltala de vuelta a la casa cuando esté vestida. Luego usted y yo hablaremos, Lord Hampton.

Leo asintió con un rápido movimiento de cabeza. Un intercambio silencioso pareció transcurrir entre él y su padre antes de que éste abandonara por fin la cabaña de caza.

Ivy luchó por vestirse con manos temblorosas. El matrimonio era la única forma de salvar su reputación, pero no quería casarse con un hombre que la despreciaría porque él se había visto obligado a pasar por el altar. No quería ni pensar en cómo eso destruiría su libertad, sus derechos... todo por lo que tanto había luchado este último año desde que se había unido a la WSPU.

—Esto no está bien... No deberíamos tener que... —sus palabras salieron entrecortadas mientras la desesperación la ahogaba.

—No, Ivy. Escúchame —la cogió del brazo y la giró para que lo mirara—. Quiero casarme contigo. Quería hacerlo antes de que pasara esto —señaló la cama deshecha.

Ella arrugó la nariz.

—¿Qué?

Él se acercó, invadiendo su espacio y desbordando sus sentidos. Le rodeó la cintura con un brazo, la atrajo hacia sí e hizo algo que le provocó un vuelco en el corazón. Leo le pasó la punta de un dedo por el puente de la nariz y le dio un golpecito en la punta.

—He dicho... que quiero casarme contigo, Botón.

¿Botón? El pecho se le contrajo dolorosamente.

—¿Sabes... quién soy? —se le quebró un poco la voz mientras intentaba enfrentar el hecho de que su pasado ya no era un misterio para él. *Él sabe quién soy...*

Leo sonrió, un poco avergonzado.

—Te vi visitar la tumba de tu madre esta mañana. Até cabos.

Ella se mordió el labio.

—¿Estás enfadado porque te he engañado?

Él negó con la cabeza, con el cabello dorado encantadoramente despeinado por haber hecho el amor antes.

—No. Supongo que mi madre ordenó tu silencio. Sin duda, ella planeó esto.

—Sí —admitió Ivy.

—Mi única pregunta es ¿por qué? —mientras hablaba,

Leo enredó los dedos en su cabello oscuro y tiró suavemente, haciendo que Ivy echara la cabeza hacia atrás. El azul de sus ojos era oscuro, como un lago en invierno.

—Nos conocimos bebiendo el té en Londres hace un mes mientras asistíamos a una reunión de la WSPU. Las dos nos enteramos de que iba a haber una reunión local cerca de Hampton y ella me invitó a venir y a unirme a la fiesta de la casa.

Leo soltó una risita.

—Le dije que ella no debía ir a esa reunión. Entonces me convenció de que una fiesta en la casa sería un intercambio decente por mi prohibición de sus actividades sufragistas. ¿Esto significa que ella todavía planea asistir a la reunión?

—Eh... —Ivy se mordió el labio, no segura de cuánto divulgar acerca de la implicación de la madre de Leo. No se traicionaba a una aliada.

—Claro —suspiró él, con una sonrisa irónica en los labios—. Supongo que es algo a lo que me esforzaré por acostumbrarme si mi mujer y mi madre van a luchar contra el sistema.

—Quieres decir... —su corazón se detuvo durante unos dolorosos segundos mientras esperaba a que él hablara.

Leo le cogió la cara, rozándole los labios con las puntas de los dedos.

—No voy a discutir contigo sobre el sufragio, querida. Si quieres votar, por Dios, no me interpondré en tu camino —guardó silencio un largo momento—. Incluso podría ayudarte, si me dejaras. Ya estoy condenado, así que ¿qué más da un escándalo más?

Ivy se tensó.

—¿Condenado? —eso sonaba... espantoso, y no le gustaba que Leo pensara que ella lo estaba condenando.

Con un suspiro, él presionó la frente contra la suya.

—Condenado por mi padre, no por ti. Nunca por ti. Sé que debes haber oído los rumores. Desgraciadamente son ciertos. Él tenía una amante, una cantante de ópera italiana, y él falleció en su compañía. Fue un asunto turbio.

Ella había oído los rumores y las preguntas susurradas sobre si él seguiría los pasos de su padre.

—¿Casarte conmigo empeorará las cosas para ti? —preguntó ella en voz baja.

—Las cosas ya están muy mal, pero no me importará si te tengo a ti. Tú me importas más que las opiniones de la sociedad. Al diablo con ellos si creen que pueden juzgarte por los pecados de mi padre. Eres maravillosa, pura, brillante. No eres una amante, no eres algo que deba ocultarse y susurrarse —Leo parecía estar buscando las palabras adecuadas, y sus ojos azules brillaban con súplica—. Te necesito más que a nada.

¿Me entiendes? Puedo sobrevivir a lo que sea si te tengo a mi lado.

¿No se avergonzaba de ella? ¿Y no dejaría que los cotilleos y la pérdida de reputación lo destruyeran?

Este era el Leo que ella había amado, el joven que había sido su príncipe azul, quien luchó contra dragones y escaló una torre para salvar a una niña asustada de sus pesadillas. Los ojos se le llenaron de lágrimas.

—Siento lo mismo por ti que, si estuvieras a mi lado, aún podría tener todos mis sueños, incluso los que desterré hace tiempo —como casarse por amor. Ivy nunca había pensado que fuera posible tener amor y tener su libertad, pero Leo le daría eso; ahora estaba segura de ello. Su corazón se sentía tan ligero que podría volar si no estuviera atado a Leo por hilos invisibles.

Compartieron una sonrisa y el corazón de Ivy estuvo a punto de estallar. Entonces, Leo sonrió repentinamente.

—¿Mi madre tenía un plan para que me distrajeras cuando te trajo aquí a la fiesta?

—Sí. Ella quería que tuvieras la oportunidad de ver que había otras mujeres ahí afuera —se mordió el labio antes de continuar—. Yo no quería engañarte y, sinceramente, no tenía intención de casarme contigo ni con nadie porque temía tener un marido que no apoyara mi creencia en el sufragio femenino. Siempre tuve la intención de decirte la verdad sobre quién era, pero tampoco quería que me recordaras como Botón. Tan solo era una niña y tú siempre fuiste muy fraternal conmigo. Quería que tú me vieras como... —se detuvo, sintiéndose completamente tonta.

—¿Una mujer hermosa e inteligente?

Ella tragó saliva y asintió.

—Yo no quería darte esperanzas, ya que no tenía intenciones de casarme, pero una parte de mí quería que tú me amaras, aunque estaba segura de que no podrías amar a una sufragista y apoyarla.

—Yo tampoco lo habría creído posible, pero te amo y te apoyo. Tú me has cambiado, cariño, en más aspectos de los que jamás habría imaginado —murmuró suavemente—. Y pensar que el plan de mi madre me atrapó en el matrimonio después de todo.

Ivy negó con la cabeza.

—No creo que ella pretendiera atraparte. Realmente no quiere que te cases con Mildred porque cree que serías infeliz y eso es lo último que quiere para un hijo al que ama con todo su corazón.

Leo le apartó un mechón de cabello de los ojos, con una mirada cálida.

—Me tragaré mi orgullo masculino y le diré que es una madre maravillosa por haberme encontrado el deseo de mi corazón. Diablos, se jactará de alegría cuando se entere de que voy a asistir a vuestra reunión de la WSPU.

Ivy le besó la mejilla con fervor.

—¿De verdad vendrás con nosotras? —ella todavía no se lo podía creer.

Leo asintió con seriedad.

—Si algún día tengo una hija, una hija contigo, no quiero que se enfrente a los problemas que tú tienes. Quiero que ella tenga voz, que sea libre. Tú me has hecho ver eso y ahora no puedo imaginar un mundo en el que cualquier hija mía sea silenciada y tratada solo como una bonita mascota para que algún hombre se case con ella. Ella merece más que eso —su voz era áspera por la emoción, y el corazón de Ivy cantó de alegría. Él realmente iba a apoyarla.

Permanecieron acurrucados un momento más, sin hablar, simplemente disfrutando de estar en los brazos del otro, aferrándose a los últimos minutos que probablemente tendrían a solas hasta después de casarse.

Leo finalmente se aclaró la garganta.

—Bueno, ¿estás decente? Debemos volver a la casa y evaluar el daño que hemos causado —cogió sus abrigos y la ayudó a ponerse el suyo.

—¿Qué hay del señor Hadley? —preguntó Ivy, recordando repentinamente al pobre hombre que Leo había golpeado. Ambos se inclinaron sobre la cama para verlo, aún inconsciente.

—Déjalo. Se despertará y volverá pronto. Maldito tonto. Yo sabía que él estaba desesperado por encontrar una esposa para su finca. Solo que no me di cuenta de que estaba mucho más desesperado que yo. Espero que no estés demasiado enfadada con él.

Ivy miró con el ceño fruncido al amigo de Leo.

—Él intentó explicarse, pero yo estaba muy furiosa...

—Owen es un buen hombre. Él no habría hecho nada más allá de besarte. Su finca está en mal estado y se ha convertido en cazafortunas, supongo —Ivy no pasó por alto la nota de tristeza en su tono.

—Muchos hombres lo son hoy en día —coincidió ella, mirándolo. Sabía muy bien que Leo había intentado casarse con Mildred por su fortuna y su reputación. La condesa viuda se lo había explicado claramente cuando ellas habían vuelto a beber el té en la reunión de la WSPU. Le había sorprendido saber que Leo estaba tan desesperado como para abandonar su corazón en busca de estabilidad.

—Ningún hombre debería tener que casarse simplemente para conservar la finca. Incluso yo cometí el error cuando planeaba proponerle matrimonio a Mildred. Pensé que era lo correcto, pero ahora veo que fue un error. Solo espero que Owen pueda encontrar un camino a la felicidad como yo lo he hecho.

—A mí sí me agradaba, dejando de lado las intenciones comprometedoras —suspiró Ivy. Había sido un tanto patán, pero también había sido divertido—. Espero que tengas razón en que él tendrá tanta suerte como nosotros —su naturaleza siempre había sido perdonar y, aunque el beso de Owen la había asustado, no estaba tan enfadada como antes. Era la forma de ser de los romaníes, perdonar y olvidar.

Cuando llegaron a la puerta de la cabaña, compartieron una mirada. Leo sonrió como un niño y la boca de Ivy se curvó hacia arriba. Deseaba desesperadamente que él la quisiera y que esto estuviera ocurriendo de verdad, pero después de perder a su madre, no se atrevía a albergar esperanzas.

—Leo, ¿de verdad quieres casarte conmigo? —no pudo apartar la mirada, aunque sus mejillas se encendieron—. Somos prácticamente extraños. Han pasado dieciséis años desde la última vez que nos vimos.

—¿Tan poca fe tienes en el corazón de un hombre? —la estudió—. ¿O es que crees que no encajaremos? —la comisura de sus labios se levantó en una expresión pícara que prometía maldad absoluta. Llevó las manos de Ivy a su boca y depositó pequeños besos en sus nudillos—. Una vez fui salvaje y libre... cuando te conocí.

Enséñame a volver a ser ese hombre, Ivy. Tras la muerte de mi padre, me perdí en mis preocupaciones y miedos de convertirme en alguien como él. No quiero perder nunca al hombre que soy solo por el hecho de que mis preocupaciones crezcan demasiado.

Se inclinó hacia ella y la besó. Los ojos de Ivy se cerraron y, en ese momento, ella estaba viviendo el sueño que siempre había deseado en la parte más secreta de su corazón. Podía ser una mujer libre e independiente sin renunciar al amor. Los labios de Leo instaron a los suyos a separarse y compartieron un suspiro antes de que él profundizara el beso. Perdida en él, Ivy se encontró a sí misma, la chica que había sido antes de la muerte de su madre. Dejar atrás a Leo y a su mundo la había dejado vacía de una manera que había tenido demasiado miedo de admitir hasta ahora, cuando la verdadera alegría estaba por fin a su alcance. ¿Qué sentido tenía vivir una vida a medias? Ninguno. Con Leo y Hampton, ella estaría completa.

—Creo… —murmuró Leo contra sus labios mientras se separaban—. Que casarme con una sufragista es justo lo que necesito.

Ivy se puso de puntillas y lo besó, rápido y con fuerza, incapaz de detener la oleada de hambre que sentía por él en ese momento. Era realmente el hombre más maravilloso que jamás había conocido.

—Y estar contigo siempre ha sido lo que he querido —ella le acarició la mejilla con la nariz antes de mirarlo a los ojos.

Él la arropó bajo su barbilla.

—¿Lista para ver a nuestros padres?

—¿Tú lo estás? —bromeó ella.

—Solo si me coges de la mano —respondió él con toda seriedad.

—Te lo prometo.

Leo entró en la biblioteca donde el señor Leighton y su madre los esperaban. La mano de Ivy estaba sobre la suya, y eso le dio fuerzas para enfrentarse a su padre. Leo no tenía ni idea de la tormenta que se iba a encontrar. Había escandalizado a los invitados de la fiesta por estar con Ivy en la cabaña de cazadores. Lo natural sería que Leighton enfureciera, pero Leo no le conocía lo suficiente como para adivinar cómo reaccionaría. Leo sabía cómo habría procedido su padre en esta situación. El viejo tirano, como lo llamaba su madre, no era una exageración. ¿Cuántas veces había temido entrar en la biblioteca cuando su padre estaba vivo? Demasiadas. El viejo conde había dominado la habilidad de sermonear a sus víctimas durante horas. Pero su padre ya no estaba. Ahora tenía que enfrentarse al padre de Ivy.

El señor Leighton estaba de pie junto a la larga ventana con paneles, con una copa de brandy en una mano. No había rastro de su rifle por ninguna parte. El alivio estalló en su interior y, cuando sus pulmones dejaron de arder, se dio cuenta de que no había estado respirando en los últimos segundos. El padre de Ivy se volvió cuando la madre de Leo tosió. Ella estaba sentada en el borde de un sofá rosado, anticipando claramente la discusión que se avecinaba. Frunció los labios, pero la esperanza brilló en sus ojos cuando Leo condujo a Ivy al interior.

—Ahh, ahí están. Los tortolitos por fin han salido del nido —el señor Leighton sonreía.

Sonreía. Leo se congeló, sintiendo que algo se avecinaba.

—Oh, Leo querido, dime que es verdad. ¿Vas a casarte con Ivy? —su madre se levantó del sofá y se unió a ellos, con los ojos tan brillantes de esperanza que se le hizo un nudo en la garganta. Leo se había estado sintiendo irritado de que ella interfiriera continuamente en su vida. Ella solo había querido que él fuera feliz, y había sabido de inmediato que Mildred no era para él.

—Sí, es verdad, madre. Tus planes han dado fruto. Por suerte para ti —le besó la mejilla—. Amo a Ivy.

—Nos alegra oírlo —ella se iluminó como el sol en pleno verano—. Sabía que si rescatabas a Ivy de su coche, ninguno de los dos podría resistirse al otro. Y pensar que me reprendiste por entrometerme. ¡Pero mira cómo ha resultado todo! —aplaudió.

—Alto, ¿qué? ¿Alguien manipuló el Hudson? —preguntó Ivy.

Su padre se unió a ellos, pareciendo divertido. Leo miró a Ivy y se dio cuenta de que ella se había enfadado. Se estaba erizando como un gato molesto. Él se mordió el interior de la mejilla para no reírse.

—Hice que manipularan el depósito de gasolina para que tuviera una fuga lenta —inclinó la barbilla de Ivy hacia atrás y besó la mejilla de su hija, riéndose aún de su silenciosa indignación.

—No había garantías de que Leo y yo nos enamoraríamos solo porque se averiara el coche.

Dios la bendiga, ella era un encanto.

—Ivy, cariño. Si algo sé de mi madre es que sus instintos, afortunadamente en nuestro caso, nunca se equivocan.

—Para dejarlo en claro —Ivy le dio un golpecito a su padre en el pecho con un dedo—. ¿Tú también estabas involucrado en este complot? Creía que solo Lady Hampton y yo participábamos en este plan —la mirada cargada de dagas que le lanzó a su padre habría matado a cualquier otro hombre.

—Por supuesto. Mina no podría haber hecho todo esto sola.

Leo arqueó una ceja y la sorpresa se apoderó de él. ¿Mina? ¿Desde cuándo el señor Leighton y su madre se conocían tan bien? Estaban parados terriblemente juntos, casi tocándose.

—Oh —su madre se sonrojó como una niña—. Eso me recuerda, Leo... el señor Leighton me ha pedido que me case con él. He aceptado —desvió la mirada como si estuviera avergonzada—. No planeé esa parte, verás, pero es que pasamos mucho tiempo juntos, planeando esto y bueno... la naturaleza y todo eso —agitó la mano en el aire, descartando cualquier otra discusión sobre ese tema en particular.

—¿Os vais a casar? —Ivy estrujó con fuerza la mano de Leo, quien le devolvió el gesto para tranquilizarla.

—La manera en cómo yo lo veo, muchacho —dijo el señor Leighton—, tú te quedas con mi hija y yo con tu madre. Un intercambio romaní justo —le guiñó un ojo a Leo y se echó a reír.

Ella había querido vivir escandalosamente...

—Madre, si esto es lo que te hace feliz, entonces me alegro por los dos.

—¿Ivy? —su madre se mordió el labio, con las manos

juntas—. Espero que todo esto te parezca bien. No puedo sustituir a tu madre y nunca querría... —se detuvo, con los ojos brillantes de lágrimas no derramadas.

Ivy resopló y luego soltó la mano de Leo para abrazar a su madre con fiereza.

—Siempre la he considerado mi segunda madre. Mamá habría querido que todos fuéramos felices. Y ahora... ahora creo que lo somos.

Leo apoyó las manos sobre los hombros de Ivy y le acarició la mejilla con la nariz. Él mismo no podría haberlo dicho mejor.

—¿Cómo se lo explicaremos a todo el mundo? —preguntó su madre, pareciendo un poco molesta por su nueva situación social; ella casándose con el señor Leighton y Leo casándose con Ivy. Era ciertamente inusual.

Le dedicó una sonrisa torcida a su madre y le guiñó un ojo.

—Creo que nuestros matrimonios serán la menor de las preocupaciones de todos. El mayor escándalo será cuando yo asista a vuestras reuniones de la WSPU e inicie una petición a favor de los derechos de la mujer en la Cámara de los Lores. Soy capaz de hundir la sociedad por completo.

—¡Oh, Leo! —ella le dio un cachete, pero a él no le

importó. Ivy estaba aquí, en sus brazos, en su vida. En ese instante, hizo un juramento de no desperdiciar ni un segundo de su vida con ella. Haría todo lo posible por darle lo que ella quisiera en la vida, incluido el amor e incluso la igualdad ante la ley inglesa. La miró, esperando que ella pudiera ver el amor que sentía brotar de su interior—. ¿Qué pasa? Tienes una expresión extraña... —ella deslizó un dedo por sus labios.

—Por fin soy libre —él hizo eco de los sentimientos de Ivy, la palabra que ella había susurrado en el despertar de su pasión—. Contigo, siempre seré libre.

La piel de Ivy se tiñó de un rojo delicado y él no pudo resistirse a robarle un beso, sabiendo que nunca sería suficiente. Eso... eso era amor.

Esto es amor.

Muchas gracias por leer Cuando Un Conde Se Enamora. Pasa la página para leer el primer capítulo del divertido romance de Owen y Milly en Un Caballero Nunca Se Rinde.

Un Caballero Nunca Se Rinde

Londres, octubre de 1911

Owen Hadley estaba recostado en un sillón de cuero en una de las salas de juego de Brooks's Club en St. James Street, con una copa de brandy calentándole la mano mientras fulminaba con la mirada a los ocupantes de la sala. Era tarde y muchos de los clientes habituales de Brooks estaban entrando por un refrigerio. La atención de Owen estaba solo parcialmente centrada en los jóvenes lores apostando sus fortunas. Un gesto de desprecio curvó sus labios hacia abajo mientras observaba cómo las monedas y los billetes de libra cambiaban de manos.

Él estaba muy necesitado de dinero, y lo irónico no era que su necesidad se debiera a ningún vicio o falta suya. A sus treinta y dos años, era el único heredero varón de su familia, y su finca en los Cotswolds dependía de él. Siendo un simple terrateniente, la tierra era todo lo que tenía, y la suya estaba sufriendo.

Necesito una esposa.

Por mucho que odiara admitirlo, casarse con una heredera resolvería el problema. Pero encontrar una mujer y obtener la aprobación de su padre para el casamiento no era lo ideal. Había muchos otros hombres, pares empobrecidos que podían ofrecer títulos a las jóvenes y a sus familias como intercambio por sus dotes. Owen hizo una mueca. Él no podía ofrecer títulos, ni nada más para persuadir a una dama de que se casara con él. Echó un vistazo a las otras mesas del club, y la miseria ensombreció aún más su estado de ánimo.

Uno de los jóvenes que estaban cerca vitoreó al ganar una mano. La emoción pasajera en el silencio monótono de la sala era irritante a los oídos de Owen. Frunció el ceño en dirección a los eufóricos jugadores. El movimiento de sus labios hacia abajo y la tensión de sus mejillas no aliviaron el dolor de su mandíbula magullada. Hacía una semana, él había cogido un tren a Hampton House, la residencia de campo de su íntimo amigo, Leo Graham, el Conde de Hampton.

Una de las invitadas a la fiesta había sido una divina criatura de pelo negro llamada Ivy Leighton. Su padre era el propietario de un periódico londinense y, lo que era más importante, era rico. La promesa de seducir a la hija del nuevo rico periodista había sido imposible de resistir. Una joven *muy rica* que habría puesto su casa a la altura con su fortuna. Owen había estado muy cerca de salvar su finca, pero había actuado tontamente.

Tal vez *demasiado*, corrigió él. Leo se había enfadado un poco al encontrarlo intentando robarle un beso a la joven. Owen había intentado comprometerla en presencia de testigos. En una situación así, el matrimonio habría estado garantizado, pero Hampton había llegado primero y había golpeado a Owen hasta dejarlo inconsciente. Seguía sin entender cómo su amigo, un amigo con el que nunca se había peleado, había llegado a los golpes sin previo aviso por una mujer. Owen nunca se había sentido tan unido a ninguna mujer como para dar un puñetazo por ella.

—¿Hadley? —una voz familiar lo sacó de sus pensamientos. Levantó la mirada y vio a Leo mirándolo con una mezcla de diversión e irritación.

—Hampton —respondió, un poco brusco. No le había hecho ninguna gracia que su amigo lo dejara inconsciente y le propinara un buen golpe en la mandíbula. No había sido muy justo golpear a un hombre desprevenido, y el orgullo de Owen dolía un poco.

—Me alegra que estés aquí. Hacía años que no disfrutábamos de una noche en el club...

—¿Qué pasa? —gruñó Owen.

—Lo siento. Supongo que te debo una disculpa por golpearte. Pero maldita sea, Owen, te equivocaste.

Owen le lanzó una mirada desafiante y fulminante.

—¿Por qué me golpeaste? Estaba intentando garantizar una esposa. La señorita Leighton habría sido perfecta para mí.

—No podía dejar que te quedaras con ella; con Ivy, quiero decir —Hampton bajó la voz. Hablar de una dama, incluso en buenos términos en un club, era tabú. A Owen no le importaban esas reglas, pero Leo era más un caballero. Desde que eran muchachos, Owen siempre había sido el más propenso a meterse en líos.

—¿Por qué no? ¿Tú estás... interesado en ella? —preguntó Owen, notando que había un cambio en su amigo. Leo parecía más... vivo, como el viejo Leo que había sido antes de que su padre muriera y las responsabilidades de la finca le quitaran toda la diversión.

—Ella y yo éramos amigos de la infancia. No la había visto desde los ocho años y cuando nos reencontramos... me enamoré de ella, *perdidamente*. Ha aceptado casarse conmigo —las mejillas de Leo se tiñeron de un rojo rubicundo al admitirlo, y Owen se habría reído en otras circunstancias menos tensas.

¿Así que Leo se iba a casar con la heredera? Diablo afortunado. *Pero yo soy el que realmente la necesitaba.*

—Ya veo —Owen se acomodó en su silla, que estaba pegada a la pared, cerca de la campana eléctrica. La hizo sonar y esperó al encargado. Si Leo y él iban a tener una discusión sobre mujeres, necesitaba un trago fuerte.

—Debería haber declarado mis intenciones hacia ella, Hadley. Lo habría hecho, pero maldición, no sabía cuáles eran mis intenciones hasta que te vi con ella —Leo se acomodó en una silla frente a Owen e inclinó la cabeza hacia la zona magullada en la cara de Owen—. Lo siento por eso.

El enfado de Owen con su amigo se debilitó temporalmente.

—¿Espero que podamos seguir como antes? —preguntó Leo, su tono aún bajo, cuidadoso. Leo siempre fue un maldito cauteloso. Excepto cuando se trataba de Ivy Leighton, su prometida, al parecer. Tras la inesperada muestra de violencia de Leo, Owen no se había quedado en Hampton House. Él había vuelto corriendo a Londres como un perro pateado con el rabo entre las piernas. Pero su amistad era muy profunda y no iba a dejar que una pelea por una mujer destruyera ese vínculo.

—Por supuesto —tranquilizó a su amigo—. Puedes compensarme encontrándome una esposa rica —bromeó a medias, pero Leo miró a través del tono sardónico con el que solía ocultar sus problemas.

Un empleado se acercó con un decantador y rellenó la copa de Owen antes de ofrecerle a Leo su propia bebida, que aceptó agradecido. Cuando el criado se marchó, Leo le dirigió una mirada significativa.

Leo se acercó un poco más.

—Es Wesden Heath, ¿verdad?

En lugar de responder, asintió. El estado de los asuntos de su casa era funesto, y pensar en ello le revolvió el estómago. Y no quería compartir las noticias de su propiedad en mal estado con su amigo.

—Tal vez pueda ayudarte en eso. Ivy y yo organizaremos pronto otra fiesta en casa, para un lord escocés que madre conoce, alguien relacionado con su primo, creo. ¿Considerarías la posibilidad de volver? Los Pepperwirth acaban de permitir que su hija menor, la señorita Rowena, haga su debut. Es una criatura encantadora. Dieciocho años y una dote considerable. Sé que te convendría una esposa, Hadley, así que podrías tener una oportunidad con ella. Tal vez, si juegas bien tu mano... —Leo se detuvo, dejando que Owen captara su sugerencia tácita.

Owen se incorporó, confundido.

—¿Mildred Pepperwirth tiene una hermana pequeña? —estuvo a punto de reírse, lo que habría sido el colmo de la grosería. Mildred era la hija mayor del Vizconde Pepperwirth, cuyas tierras colindaban al oeste con las de Leo. Ella era una belleza, pero fría y carente de personalidad y calidez. La mujer ni siquiera bailaba, por el amor de Dios. A Owen le encantaban las mujeres que bailaban, que reían y sonreían. Una mujer debería ser feliz, debería ser brillante e ingeniosa, no una fría arpía. Owen no pudo evitar preguntarse cómo se compararía Rowena con su Mildred.

Leo torció los labios.

—Sí. Según tengo entendido, Lord Pepperwirth es muy protector con Rowena y ella ha estado bastante encerrada hasta ahora. Di que nos acompañarás y yo estaría encantado de hablar bien de ti a su padre.

Un empleado apareció con una bandeja, ofreciendo dos copas de brandy para Owen y Leo.

—Pon la mía en mi cuenta, pagaré antes de irme esta noche —informó al empelado. Una vez que el hombre se marchó, ellos volvieron a estar relativamente solos y Owen enfrentó a su amigo.

—¿La señorita Rowena tiene algún potencial pretendiente que también pueda lanzar puñetazos?

Leo echó la cabeza hacia atrás con una carcajada estruendosa.

—Cielos, no. Aunque ella causó bastante revuelo durante su presentación. Será mejor que actúes rápido, corteja a la joven antes de que ella conozca a otros hombres.

Owen suspiró.

—Muy bien, iré.

Cortejar no era un problema. Había estado cortejando damas desde que era un joven. Su falta de perspectiva era lo que dañaba su causa. Nadie quería casarse con un maldito cazafortunas, y eso era exactamente lo que él era.

—Excelente. ¿Cenarás aquí esta noche? —Leo se levantó de su asiento.

—Planeaba hacerlo. ¿Y tú? —Owen hizo rodar su brandy de un lado a otro entre las palmas de las manos antes de que él y Leo salieran de la sala de juegos.

—Sí, en efecto. Me uniré a ti, si no te importa la compañía —sonrió Leo.

—Solo si me cuentas más de esta joven a la que debo cortejar —Owen estaba aliviado de que Leo y él estuvieran en buenos términos de nuevo. No era normal pelearse con los buenos amigos. No después de todo lo que él había sufrido durante la guerra y posterior a ésta. Los buenos amigos valían su peso en oro y él nunca los abandonaría, por nada del mundo.

—Bueno —Leo volvió a mirar a su alrededor, aparentemente decidido a que no lo oyeran—. Es toda una belleza, con su cabello rubio y sus ojos azul aciano...

* * *

—¿Estabas nerviosa, Milly?

Mildred Pepperwirth se miró en el espejo de su tocador de madera de nogal pulida para encontrarse con la mirada de su hermana menor. Estaban en una lujosa habitación de invitados de Hampton House asistiendo a una fiesta en la casa durante el fin de semana. Esta era la primera cena formal en el país a la que asistía su hermana Rowena desde que había cumplido dieciocho años.

—¿Nerviosa sobre qué? —Milly esperó pacientemente a que Constance, la dama de compañía de ambas, colocara en su sitio los últimos mechones de su cabello castaño. La criada había creado un elegante peinado que dejaba una masa de cabello en gruesos mechones enroscados casi en un estilo griego. Una peineta verde desteñida tachonada de diamantes estaba situada en la base de su cabello, manteniendo unidos los elaborados rizos.

Rowena, sentada en la cama de Milly, ya estaba vestida con un vestido de noche de encaje blanco, apropiado para una joven recién debutada en sociedad. Ella tiró de los guantes blancos hasta su codo, jugueteando con ellos hasta que los apretó demasiado y se vio obligada a aflojarlos de nuevo.

Milly contuvo una sonrisa. Su hermana pequeña no tenía motivos para estar nerviosa. Era exquisita, y todos los ojos de los hombres estarían puestos en ella en cuanto se reuniera con los demás invitados abajo.

—Oh, ya sabes. ¿Las fiestas, los bailes, los pretendientes? —los ojos de Rowena eran suaves, pero del mismo llamativo tono azul que ella y Milly habían heredado de su padre. El brillante color había cautivado a muchos jóvenes y puesto celosas a muchas damas.

—Supongo que al principio sí lo estaba —respondió Milly—. Pero todo se vuelve muy tedioso —despreciaba todos los compromisos sociales que caracterizaban a una temporada típica, no porque no le gustaran las cenas y los bailes o la danza. Le encantaba bailar, le encantaba visitar a sus amigos, pero solo había necesitado una temporada para darse cuenta de que no era más que una yegua de cría en una subasta. Había notado que La Temporada tenía un único propósito: asegurar las alianzas de los ricos y la élite mediante matrimonios. Milly había aprendido rápidamente a fingir una aversión al baile para no dar a los hombres la impresión de que disfrutaría de sus intereses románticos por ella.

No era que no quisiera casarse con un hombre, ella era como cualquier otra mujer, anhelaba un marido cariñoso y un matrimonio feliz como el de sus padres, pero sabía que lo que ellos tenían era poco frecuente. No eran simplemente marido y mujer. Eran socios en todo. Su madre tenía la misma voz en las finanzas, el control de la casa y sus inversiones. Milly también quería eso, pero no conocía a ningún caballero de su edad que considerara siquiera tal igualdad en el matrimonio.

Durante sus años de educación privada en Francia, había tenido la suerte de vislumbrar una sociedad más libre para las mujeres, pero aquí, en Inglaterra, ella era un peón, una pieza que había que comprar, regatear y pagar en función de la fortuna de su familia y las tierras de su padre. La comprensión de la situación era desagradable, y Milly había hecho lo único que se le había ocurrido para evitar casarse con un desconocido o con un hombre al que no soportara. Se había vuelto distante, incluso testaruda, en presencia de hombres idóneos. Si ellos no podían soportar su frialdad, su fingida arrogancia, la dejaban en paz. Pero era una paz solitaria, una sin esperanza de amor. Ella no era valiente como las sufragistas a las que admiraba en secreto. Ellas aceptaban amantes y veían las relaciones como lo hacían los hombres, pero ella no era capaz de hacerlo, no cuando eso supondría un escándalo para sus padres.

No se habría atrevido a llevar a cabo semejante estrategia para evitar el matrimonio si no supiera sin lugar a dudas que su padre nunca la obligaría a casarse. Él la mantendría bajo su cuidado el resto de su vida si ella no encontraba un hombre a su altura, lo cual era toda su intención. Era una solución solitaria, pero mejor que la alternativa: verse obligada a vivir el resto de su vida con un hombre que la haría miserable.

Si un hombre la consideraba una propiedad que se podía comprar, ella nunca podría respetarlo. El amor no podía crecer en un jardín sembrado con semillas de esclavitud doméstica. La única forma en la que podría casarse sería encontrar a un hombre que amara su mente, su corazón y su alma y que aceptara que ella no era un ser inferior. Necesitaba un hombre que apoyara a su esposa si ésta asistía a una reunión sufragista, no uno que la ignorara o la reprendiera o que incluso le prohibiera apoyar su creencia en la igualdad entre los sexos. Pero ese hombre no existía, al menos no uno que ella podría encontrar.

Rowena se levantó de la cama y se colocó detrás de Milly, inclinándose unos centímetros para contemplar su propio reflejo en el espejo. Se ajustó el corpiño del vestido, subiéndolo un poco en lugar de bajarlo, como haría la mayoría de las jóvenes.

—No creo que bailar llegue alguna vez a ser tedioso, pero soy muy torpe cuando estoy nerviosa. ¿Y si piso los dedos de los pies de mi pareja? —su hermana pequeña se mordió nerviosamente el labio inferior.

—Lo harás bien, Rowena. Quédate cerca de mí si te pones nerviosa —Milly se pellizcó las mejillas para ruborizarlas un poco antes de ponerse en pie y coger sus guantes negros de noche.

—Me encanta ese vestido —suspiró Rowena.

Milly miró su figura en el espejo completo que estaba junto al tocador. Era un maravilloso vestido de seda azul zafiro con una redecilla de encaje dorado y negro sobre el corpiño. La redecilla se abría en la parte delantera del vestido, por debajo de la cintura, para permitir que las piezas de color zafiro se vieran al caminar. La cola era un poco larga, pero el ligero polisón en la parte trasera realzaba su figura.

Constance compartió una pequeña sonrisa con Milly cuando ambas pillaron a Rowena pasándose una mano por el cabello antes de voltearse a verlas.

—¿Cómo me veo? —dio una pequeña pirueta, y sus ojos brillaban de emoción y juventud.

—Estás espléndida, como siempre —Milly estrechó las manos de su hermana pequeña, contenta de que con su hermana pudiera ser ella misma, aunque solo fuera por unos minutos más.

—¿Bajamos a cenar?

—Sí —Rowena levantó la barbilla, con una sonrisa de confianza en sí misma reemplazando su entusiasmo de niña, como si se hubiera convertido en una mujer diferente en un instante.

Ellas salieron de su habitación, que se encontraba en

el ala este de Hampton House, donde se alojaban la mayoría de los invitados a la cena. Un grupo de caballeros y algunas damas esperaban al pie de la gran escalera a que bajaran los demás invitados. Todas las miradas se volvieron hacia Milly y Rowena cuando aparecieron. Milly se detuvo, dejando que Rowena tuviera su momento para acaparar la admiración de la sala.

Disfrútalo, hermanita. Algún día tendrás que elegir tu camino, esposa o solterona. Hasta entonces, Rowena podría disfrutar de su primera cena. Milly miró a los rostros de abajo y se quedó helada. Había un hombre allí con el que no tenía intención de relacionarse a menos que se viera obligada. Él no había estado en la lista formal de invitados, sino que había tenido que ser añadido de última hora. Su presencia no habría impedido que ella viniera, pero, por Dios, odiaba tanto estar rodeada de hombres como él... Después de la última fiesta en Hampton House, ella se había propuesto evitarlo en la medida de lo posible cuando estuvieran en la misma habitación.

El señor Owen Hadley era un cazafortunas. Un hombre así era peligroso. A ellos les importaban poco o nada las mujeres a las que seducían en un intento de encontrar herederas adecuadas. Se quedó mirando fijamente la cara del hombre durante un momento más, deseando poder hacerlo desaparecer. Pero él permaneció exactamente donde se encontraba, con su presencia burlándose de ella por su incapacidad para hacerlo desaparecer.

Su escandalosa reputación lo precedía, y dejaba tras de sí un rastro de corazones rotos y damas solteras sin posibilidades de contraer un buen matrimonio. El señor Hadley era una tentación al pecado para cualquier mujer. Incluso Milly tuvo que admitir que tenía buen aspecto mientras él estaba allí de pie con su traje de noche, el cabello oscuro lo bastante largo como para parecer demasiado pícaro para estar a la moda, y esa sonrisa que derretía la resistencia de una mujer. Era alto, *demasiado alto*, pero perfecto para ella; no era como si le gustara eso, claro que *no*. Ella prefería estar a la misma altura que los hombres, y dado que poseía un poco más de altura en su figura que muchas jóvenes, la mayoría de los hombres que conocía no eran más altos que ella. Hadley, sin embargo, era demasiado alto, casi una cabeza por encima de Milly. Eso la hacía sentirse... vulnerable.

Hadley se rio de algo que dijo el Conde de Hampton y luego miró hacia las escaleras. Sus ojos la miraron brevemente, con una pizca de desagrado en sus sensuales labios, pero luego se fijaron en Rowena y, maldita sea, los ojos avellana del hombre se iluminaron con un fuego penetrante.

Milly sintió un nudo en el estómago y se quedó inmóvil en la escalera, con una mano enguantada aferrada a sus pechos.

Rowena. No su dulce Rowena. Ese hombre podía seducir a cualquier dama, pero no a su hermana pequeña. Rowena necesitaba un buen compañero. El escándalo la arruinaría irremediablemente y se vería obligada a abandonar la sociedad.

Tendré que distraerlo, aunque eso sea de lo más desagradable.

Enderezando sus hombros, Milly bajó los dos últimos escalones y saludó a sus anfitriones. La Condesa viuda de Hampton, su futuro marido, el señor Leighton, y su hija, Ivy, junto con Leo Graham, el Conde de Hampton.

—Estás espléndida —dijo Ivy mientras cogía a Milly del brazo.

A Milly nunca dejaba de sorprenderle la amabilidad de Ivy Leighton. La joven era mitad gitana por parte de su padre, y su madre había sido una dama de compañía. Todos los instintos de Milly la impulsaban a tratar a Ivy con frialdad, dada su condición de nueva rica, que resultaba estar por debajo del linaje de títulos de larga generación de la propia Milly. La primera vez que las habían presentado, Milly se había mostrado ciertamente desagradable. Se arrepentía de ello. *Enormemente.* Su frustración por la intención de Leo de declararse había empañado su estado de ánimo. Había estado tan concentrada en convencer al conde de que ella no era una buena pareja para él que se había comportado de forma bastante insensible y arrogante con todos los que la rodeaban. Ivy había sido víctima de su comportamiento y, en las últimas semanas, Milly había hecho todo lo posible por merecer la amistad que Ivy le ofrecía.

Ivy había sido persistente, y Milly había sido incapaz de detestar a la otra joven una vez que habían pasado juntas algunas tardes bebiendo el té mientras hablaban de literatura y política. Ellas tenían mucho en común en sus opiniones sobre las mujeres y los derechos de los que carecían injustamente en la sociedad.

Milly inclinó la cabeza cerca de Ivy para susurrar.

—¿Qué hace aquí el señor Hadley? Según tengo entendido, él y Lord Hampton tuvieron una discusión en la última fiesta de la casa —había sido todo un escándalo. El señor Hadley se había marchado en medio de una cacería con un ojo morado y mal temperamento.

Milly permitió que Ivy la apartara de los demás invitados y la condujera a una alcoba donde podían tener un poco de privacidad. Los brillantes ojos color caramelo de Ivy se ensombrecieron un poco.

—No estoy segura, pero Leo insiste en que siguen siendo amigos, y que él ya no tiene intenciones de intentar robarme de Leo.

Milly resopló en respuesta.

—Por supuesto que no las tiene, porque está mirando a mi hermana como si fuera una buena copa de jerez que él quiere probar —fulminó con la mirada al seductor acusado, esperando que él sintiera el aguijón de su mirada. Desde el otro lado de la habitación, él levantó una ceja en señal de desafío.

—Milly —jadeó Ivy, pero pronto se convirtió en una risita al notar la atención fija de Milly.

—Él parece demasiado interesado. Menos mal que la disposición de los asientos en la cena lo mantiene alejado de Rowena.

Milly se tocó la garganta mientras se ajustaba el collar de diamantes que lucía en la clavícula.

—¿Quién es el desafortunado invitado que debe soportar su conversación?

Ivy la miró de reojo.

—Tú, querida Milly.

Por un momento, Milly simplemente no pudo procesar lo que su amiga acababa de decirle.

—Desde luego que no... —Milly fue silenciada cuando el mayordomo anunció que la cena estaba preparada—. Ivy, no me sentaré junto a ese hombre —siseó al oído de su amiga.

Ivy se limitó a reír.

—Alguien tiene que hacerlo y ¿quién mejor que tú? Creo que hacéis una pareja perfecta malhumorada —el comentario burlón hizo que Milly frunciera profundamente el ceño. Aunque había estado aparentemente malhumorada a propósito, esa Milly no era la verdadera. En el fondo, era una mujer que quería amor y risas en su vida. Pero sentarse junto a un hombre como Hadley no cumpliría ninguno de esos sueños.